支配者の恋

『あんたの色っぽい声聞いてたら、俺も……こんなだ』
腕を取られて後ろに導かれ、猛った熱い欲望に
触れさせられる。
『口で……いいか？』
ひとりで先に達した負い目も手伝い、拒めなかった。
乞われるがままにラシードの欲望を口に含み、愛撫する。

支配者の恋

岩本　薫

16018

角川ルビー文庫

Contents

Ruler

口絵・イラスト／蓮川愛

1

「東堂《とうどう》、少しいいか？」

午後十時半——その日の任務を終えて、警視庁十六階の警護課に戻《もど》った東堂桂一《けいいち》は、装備を解く間もなく、直属の上司である係長に呼ばれた。

課内には、残っている課員はもうほとんどいない。ガランとした室内に当直の姿が二、三人、ぽつりぽつりと見えるだけだ。

機動警護隊のブロックにも、係長の伊達《だて》の他《ほか》には誰《だれ》もいなかった。

「はい」

うなずいた桂一は、帰庁時の格好のまま——つまり、拳銃《けんじゅう》、手錠《てじょう》、マグライト、受令機、特《とく》殊《しゅ》警棒を携帯《けいたい》したまま、上司のデスクへ向かう。

これだけの装備を常に身につけているだけでも相当な重量だが、場合によっては防弾《ぼうだん》ベストを着用することもある。とりたてて鍛《きた》えずとも日々の任務を果たすだけで体がすっきり引き締《し》まるのは当然だった。それでも、桂一は警護課の中では一番スリムで、ウェイトも少ない。警察大学校で、SPになるためのハードな訓練を積んでいた頃《ころ》でさえそうだった。おそらくは、生まれつき筋肉が付かない体質なのだろう。

デスクの前で足を止めた桂一は、椅子《いす》に座っている伊達を見下ろした。三十代後半の伊達は、スーツの上着を脱《ぬ》ぎ、ワイシャツ一枚になっていたが、その体も贅肉《ぜいにく》ひとつなく引き締まっている。

「なんでしょうか」

問いかけに、伊達がやや険しい面持《おもも》ちで切り出してきた。厄介《やっかい》ごとを上から押しつけられた時の表情だ。

「外務省からの要請《ようせい》で、要人の身辺警護に人員を出さなければならなくなった。おまえには今、二係の応援《おうえん》に出てもらっているが、明後日《あさって》からは外務省管轄《かんかつ》の新しい任務に就《つ》いてもらいたい」

桂一が所属する機動警護隊は、いわゆる応援部隊で、警護の増員時や各係の欠員の穴埋《あなう》めに助《すけ》っ人《と》として駆《か》り出される。従って、突然《とつぜん》の指令にさほど驚《おどろ》くことはなかったが、引っかかったのは「外務省管轄」という点だった。

「外務省の要請というと、外国要人ですか？」

「そうだ」

桂一はうっすらと眉根《まゆね》を寄せ、眼鏡《めがね》のブリッジを指で押し上げる。

「今月は、国賓《こくひん》および公賓《こうひん》の訪問予定はなかったように記憶《きおく》していますが」

「公式訪問じゃない。非公式――それも極秘来日《ごくひ》だ」

「極秘来日？」

思わず訝《いぶか》しげな声が出た。

視線の先の伊達の難しい顔つきを見て、改めて表情を引き締める。どうやら一筋縄《ひとすじなわ》ではいかない任務になりそうだ。

「『マラーク王国』を知っているな？」

当然知っているな、と暗に含《ふく》まれた確認《かくにん》に、はっきりとうなずく。

「はい」

桂一は、頭の中にアラビア半島の地図を広げ、アラビア語で「天使」という意味を持つ美しい王国の位置を確認した。その王国はもともと、遺跡《いせき》を売りにした観光と農業が主な財源の小国だったが、四十年ほど前に豊かな海底油田が見つかり、以降はアラブの中でも有数の産油国となった。世界第二位の石油輸入国である日本にとってもその存在は大きく、中東関連のニュースなどでも頻繁《ひんぱん》にマラークの名前は取りざたされている。

伊達の声が不意にひそまった。

「そのマラークの国王が病に倒《たお》れ、三日前から、療養《りょうよう》のために極秘で来日している」

「……………」

新聞には毎日隅々《すみずみ》まで目を通しているつもりだったが、初めて耳にする情報だった。マスコミも摑《つか》んでいない、まさに極秘の来日だ。

「近代化が著《いちじる》しいとはいえ、残念ながらマラークの医療《いりょう》はまだ発展途上《とじょう》にある。その点、日本の大学病院には最新鋭《さいしんえい》の設備とスタッフが揃《そろ》っている。欧米《おうべい》という選択肢《せんたくし》もあったが、近年のアラブ諸国に対する風当たりの強さを考慮《こうりょ》し、療養先に日本を選んだようだ」

伊達は国王の病名を明かさなかったが、桂一も敢《あ》えて問い質《ただ》さなかった。医者でもない自分が病名を知ったところで意味はない。

「病床《びょうしょう》のファサド国王の警護には、すでに四係の課員が当たっているが、問題は、国王を見舞《みま》うために来日予定のマラークの王族だ」

警護課第四係は外国からの要人や在日大使を担当する部署である。このところ、四係の課員が出払《ではら》っていることが多かったのはそのせいだったのか、と桂一は内心で納得《なっとく》した。

「国王には三人の息子《むすこ》とひとりの娘《むすめ》がいるが、このうち、第二王子のラシード殿下《でんか》が来日を外務省に通達してきている。非公式訪問で、かつ訪問サイドからの要請がない場合、本来は我々が動く必要はないんだが、外務省としては来日を知ってしまった以上、まったく知らぬふりもできない。今回は特例として、来日中の第二王子の身辺警護に課員を派遣《はけん》して欲しいとのことだ」

特例的な警護を警察に要請するほど、外務省としてはマラーク王国に対して神経を使っているということだろう。

療養の地に日本を選んだマラーク王室と、これを機に、より親密な関係を築きたいという思《おも》惑《わく》もあるのかもしれない。そのためには、万が一にも不測の事態が起こってはならないのだ。

伊達の説明を耳に、桂一は外務省のごり押しの理由をそう推測した。

「だが、四係の海外要人担当は国王の警護で手いっぱいの状況《じょうきょう》だ。そこで、機動警護隊に応援《おうえん》要請《ようせい》がきた。東堂、おまえには明後日米国から来日予定のラシード殿下の身辺警護に当たってもらいたい」

警察という組織において、上からの命令は絶対だ。逆らうことなど毛頭にもなかった桂一は、一瞬《いっしゅん》の躊躇《ちゅうちょ》もなく、「了解《りょうかい》しました」と答えた。そうしたあとで、疑問を口にする。

「王子は米国から来日するんですか？」

「現在、ラシード殿下は米国に留学中だ。英語は話せるはずだが念のため、アラビア語を話せるおまえが適任であろうという結論に至った」

たしかに桂一は、英語とアラビア語を使える。アラビア語は大学で学び、休みを利用して中東地域を旅行するなどしてマスターしたが、そもそも第二外国語でアラビア語を選択《せんたく》したのは、外交官をしていた伯父《おじ》の影響《えいきょう》だった。現在は代官山《だいかんやま》でカフェを営む伯父に、かつて駐在《ちゅうざい》していたアラビアの国々の話を聞き、その異国情緒《じょうちょ》に心惹《こころひ》かれたのがきっかけといえばきっかけだ。

「どのような警護フォーメーションになるのでしょうか」

続けて、任務の具体的な内容に踏《ふ》み込んだ問いを投げかけると、伊達の顔が渋《しぶ》くなる。

「実はそこなんだが……ラシード殿下は外務省からの身辺警護の申し出を退けている。自前の護衛を帯同しているから必要ないとな。だが、そう言われたからといって素直《すなお》に引くわけにもいかない。土地勘《とちかん》のない外国人のボディガードだけではあまりに心許《こころもと》ない。協議の結果、サポートとしてSPをひとりつけるということで、なんとか納得してもらったそうだ」

どうやらそれが、VIP側のギリギリの歩み寄りらしい。見知らぬ日本人が周囲をうろうろするのを煙《けむ》たく思う王子の心情もわからなくもないが。

「つまり、今回は単独での任務ということですね？」

「そうなる」

通常要人警護には、最低でもふたり以上の課員で当たるので、今回はまさに特例と言わざるを得ない。機動警護隊という所属柄《がら》、援軍《えんぐん》として警護の現場に参加することには慣れているが、コンビを組む相手が外国人のボディガードとなると話は別だ。

初めてのケースを前にして、桂一は心持ち表情を強《こわ》ばらせた。部下の緊張《きんちょう》を感じ取ってか、伊達が口調を和《やわ》らげる。

「ラシード殿下の来日に当たって憂慮《ゆうりょ》すべき危険な要因があるわけではないし、第一今回はお忍《しの》びの来日で、公《おおやけ》にされているわけでもないしな。極《きわ》めて形式的な警護になるが、まぁ保険はかけておくに越《こ》したことはないってことだ」

「期間はどれくらいでしょうか」

「国王の容態次第《しだい》だろうが、とりあえず一週間ほどの滞在《たいざい》と聞いている」

交代要員がいなくても、一週間ならば体力的にもなんとか保《も》つだろう。国内のＶＩＰを担当する場合でも、ＶＩＰが朝私邸《してい》を出てから夜ふたたび私邸に戻《もど》るまで、ことによっては二十四時間態勢で張りつかなければならないのは同じだ。もとより、休日などあってないようなものという諦《あきら》めは、ＳＰになった時点でついている。

「外務省が寄越《よこ》したラシード殿下に関する資料だ」

伊達がデスクに積み重なっていた書類の山の一番上から茶封筒《ちゃぶうとう》を掴み、桂一に向かって突《つ》き出してきた。

「明日の午後一時に外務省の担当者と打ち合わせがある。それまでに資料に目を通し、概要《がいよう》を頭に入れておいてくれ」

封筒《ふうとう》を受け取った桂一の二の腕《うで》を、伊達が励《はげ》ますようにぽんと叩《たた》く。

「王子様のお守《も》り役はなかなか厄介な任務だが、おまえなら問題なくこなせると期待している。頼《たの》んだぞ」

上司の期待に背筋を伸《の》ばした桂一は、淀《よど》みのない声で「はい」と応じた。

警護任務に従事する専従警察官となって二年、二十七歳の桂一は、実践《じっせん》経験が何よりものをいうSPとしては、まだまだひよっこの部類だ。

動く壁《かべ》となり、要人をあらゆる危険から護《まも》ることを至上命令とするSP——セキュリティポリス——になるためのハードルは高い。

まず、身体的には百七十三センチ以上の身長が必須《ひっす》。巡査《じゅんさ》部長以上の階級で、かつ実務経験が一年以上、さらに柔道《じゅうどう》もしくは剣道《けんどう》が三段以上、射撃《しゃげき》が上級の腕前《うでまえ》であることが最低限の条件だ。その上で、VIPに帯同するという仕事の性質上、口の堅《かた》さや素性《すじょう》のたしかさはもちろんのこと、同僚《どうりょう》との協調性、自制心、自己管理能力、礼儀《れいぎ》作法、自己犠牲《ぎせい》の精神などが求められる。

それらの難関をクリアした候補者が、三ヶ月の特殊《とくしゅ》訓練によってふるいにかけられ、その中から残った選《え》りすぐりの優秀《ゆうしゅう》な者だけが、SPの英字を象《かたど》ったバッジ——警護員記章を胸に付けることを許されるのだ。

その狭《せま》き門は、現役《げんえき》の警察幹部を父に持つ桂一とて、例外ではなかった。

いや、むしろ父が警備部のトップである部長職にあったがために、身内びいきだと要《い》らぬ陰《かげ》口《ぐち》を叩かれぬよう、桂一は同僚たちと比べても人一倍厳しく精査された気がする（事実、のちに警察大学校の教官から、そのような意味合いのことを仄《ほの》めかされたので、あながち邪推《じゃすい》でもないだろう）。

警視庁巡査拝命後、警備部第一課に配属された桂一は、警備部の人間ならば誰《だれ》もが志すSP

を、やはり目指した。しかし一年の実務経験を積み、必須条件を満たしてもなお、なかなかSP要員の候補に挙がらなかった。

先に推薦《すいせん》されていく同期たちを横目に、ままならない現実に焦《じ》れ、父が自分の警護課への配属を阻《はば》んでいるのかもしれないと疑ったことすらあったほどだ。

父には、かつて警察官になりたいと告げた時に、反対された経緯《けいい》があった。どうやら父は桂一に、命の危険に晒《さら》されるリスクの高い警察官になって欲しくなかったらしい。だからといって父が、警察官であることに誇《ほこ》りを持《も》っていないわけではない。

父が反対するのには理由があった。

桂一は、父の実の息子ではない。赤《あか》ん坊《ぼう》の頃《ころ》に東堂家の養子になった。本当の両親は、父親が現在の父方の遠縁《とおえん》に当たる人で、桂一が生まれてすぐに亡《な》くなったそうだ。一年を待たずして追いかけるように母親も病死し、身よりのなくなった桂一を、当時は子供がなかった東堂の両親が引き取ってくれたのだ。

そのことを、桂一は高校に上がった年に父の口から知らされた。無論、少なからずショックは受けた。血を分けた本当の両親がもうこの世にいないことを知って寂《さび》しかった。けれど、養父母には何不自由なく大切に育ててもらったし、彼らにとっては実の息子となる六つ下の弟とも、分《わ》け隔《へだ》てなく愛情を注いでもらった。その実感があったが故《ゆえ》に、真実を知ったあとも家族に対する愛情は変わらず、むしろ感謝の気持ちが芽生えた。

そしてだからこそ、誰よりも尊敬する父と同じ警察官を目指したのだが、父はその仕事がいかにハードであるかを身をもって知っていたがために、今は亡き夫婦《ふうふ》からの預かりものである桂一に、リスキーな選択をさせたくなかったようだ。

結局、桂一は半ば父の反対を押し切る形で警察官になった。

そんな経緯があったので、候補に挙がらなかった間、父の干渉《かんしょう》を疑ったこともあったが……どうやら思い過ごしであったらしい。

自分にSPになるための何かが足りないのならば、それを補うための努力をひたすら積むしかない。休日返上で与《あた》えられた仕事をこなしつつ、日々鍛錬《たんれん》を怠《おこた》らないことを自分に課し――二年が過ぎた頃、ついに声がかかった。あの時は、地道な努力が認められたことが本当に嬉《うれ》しかった。

三ヶ月間、警察大学校で厳しい訓練を受けた末に、桂一は晴れてSPに任命され、機動警護隊に配属になった。

遊軍として、いろいろな現場に応援《おうえん》に出る機動警護隊は、新人SPの登竜門《とうりゅうもん》でもある。ここで様々な経験を積んで、SPたちは仕事を覚えていく。

今回の任務も、桂一にとって、そういった血となり肉となる貴重な体験のひとつに過ぎないはずだった。

まさか、この任務によって自分の人生が転機を迎《むか》え、抗《あらが》いようもなく大きく変わってしまうとは、この時の桂一が知る由《よし》もなかった。

深夜近くに独身寮《どくしんりょう》に戻った桂一は、殺風景な六畳《じょう》の部屋でスーツのジャケットを脱《ぬ》いだ。拳銃《けんじゅう》は警視庁を出る前に保管庫に預けてきたので、持ち帰った手錠《てじょう》、警察手帳を鍵《かぎ》のかかるデスクの抽斗《ひきだし》に仕舞《しま》い、携帯《けいたい》を充電《じゅうでん》器に差し込んでから、きっちりと締《し》めてあったネクタイを緩《ゆる》める。

オーソドックスな濃紺《のうこん》のスーツからスウェットの上下に着替《きが》えて漸《よう》く、張り詰《つ》めていた筋肉の緊張をわずかに解いた。覚えず、解放感にふっと息が漏《も》れる。

キッチンの片隅《かたすみ》の冷蔵庫に近寄り、中からミネラルウォーターを取り出して一口飲むと、桂一はキャップを閉めたボトルを手に、六畳の主室に戻った。

六畳一間に三畳の簡易なキッチンスペース、風呂《ふろ》とトイレが付いた部屋は、優に築二十年は経《た》っており、ところどころ老朽化《ろうきゅうか》も激しく、お世辞にも住み心地《ごこち》が快適とは言い難《がた》いが、個室であることは有り難かった。警察学校や警察大学校時代の寮生活《りょうせいかつ》は同期と相部屋で、まったくプライベートがなかったからだ。勤務中は、常にＶＩＰや相棒の課員と行動を共にしているので、完全にひとりになれる時間は貴重だった。

壁際《かべぎわ》のデスクに腰《こし》を下ろし、ブリーフケースの中から茶封筒を取り出した桂一は、早速《さっそく》伊達に渡《わた》された資料に目を通し始めた。

今回の警護対象であるラシード王子の正式な名前は、HRHラシード・ビン・ファサド・ビン・キファーフ・アル・ハリーファ。要するに「ハリーファ家のキファーフの息子《むすこ》ファサドの息子であるラシード殿下《でんか》」という意味だ。

HRHは、His Royal Highness（ヒズ・ロイヤル・ハイネス）の頭文字を取った尊称《そんしょう》で、日本における「殿下」に相当する。現国王の直系の男子王族であることを意味し、王位継承《けいしょう》権を持つことを表している。

ハリーファ王家は、アラブの諸大国の王族とも親戚《しんせき》関係にある由緒正《ゆいしょただ》しい名家で、マラーク王国は代々、支配者ハリーファ家の直系男子が王位に就《つ》き、国政を司《つかさど》ってきた。現国王であるファサドはマラーク王国建国より第三代目に当たる。

マラーク王国の現王太子は、ファサド国王（六十歳）の弟であるカマル王子（五十五歳）である。ファサド国王が王位に就いた当時、まだ彼は独身であったため、実弟《じってい》であるカマル王子が王太子に任命されたのだ。ファサド国王が病床《びょうしょう》にある現在、カマル王太子が国王代理となっている。

ファサド国王には三人の息子と娘がひとりいる。

第一夫人との間に、長男のアシュラフ王子（二十九歳）、すでに他国に嫁《とつ》いでいる長女のマリカ王女（二十六歳）、三男のリドワーン王子（十七歳）。

そして第二夫人との間に生まれたのが、今回の警護対象であるラシード王子（二十一歳）だ。ラシード王子の母親である第二夫人は英国人であったため、ラシード王子が生まれて数年後にはファサド国王と離婚《りこん》し、英国に戻《もど》ってしまった。

ラシード自身も十五歳から英国の士官学校へ行き、そのまま米国へ渡り、現在はカリフォルニア大学ロサンゼルス校に通っている。

ファサド国王が病床にあり、その病が重篤《じゅうとく》と噂《うわさ》される今、国民の関心は次の王が誰になるのか、という一点に集まっている。

マラーク王国では、初代国王から第三代のファサド国王まで、前国王の長男が王位を継《つ》いできた。つまり、男子優先長子相続制である。

その流れで言えば、長男のアシュラフ王子が王位に就くのが筋だ。しかし、アシュラフ王子は十八歳で早々に王位継承権を放棄《ほうき》してしまった（理由は不明）。依《よ》って、現在の王位継承権の第一順位はカマル王太子、続いてラシード王子、リドワーン王子という順番である。ただし、ラシード王子は英国の血が半分入っており、自身も米国に行ったきり祖国の地を長く踏《ふ》んでいない。その点では、国王代理を任じるカマル王太子が一歩有利との見方もある。

いずれにせよ、最終的な決断はファサド国王の胸ひとつであり、国王が誰を指名するのか、国民は固唾《かたず》を呑《の》んで、その決断の時を待ちわびている――。

ハリーファ王家に関する資料に目を通し、概要《がいよう》をざっと頭に入れた桂一は、眼鏡《めがね》を外し、目《め》頭《がしら》を指でぎゅっと押さえた。一日中気を張り、周囲に視線を配り続けているせいか、このぐらいの時間になると、目の奥が熱を持ってズキズキと痛むのだ。デスクの抽斗から目薬を取り出し、片目ずつ差す。上を向いたままパチパチと両目を開閉させてから、ふたたび資料に戻った。

次のページからは、ラシード王子に関するマスコミ発表の記事のコピーが添付《てんぷ》されていた。掲載《けいさい》元は、主に米国のゴシップ誌だ。

華《はな》やかなセレブたちが集まるパーティでの、女優とのツーショット。複数のガールフレンドを引き連れ、プレミアのレッドカーペットを踏むタキシード姿の王子。マリブの海に浮《う》かべたヨットで、仲間たちと馬鹿《ばか》騒《さわ》ぎをする王子一行。英国のアスコット競馬場に現れた正装の王子。カジノでの豪遊《ごうゆう》シーン。

コピーのせいか粒子《りゅうし》が粗《あら》くてどれもいまいち王子の顔がはっきりしないが、すらりと背が高いことと、隣《とな》りに寄り添《そ》う女性が毎回違《ちが》うことはわかった。

日々の仕事だけで力尽《ちからつ》き、恋愛《れんあい》はおろか家族とのつきあいまでが疎《おろそ》かになりがちな自分と比べるまでもなく精力的だ。

金と暇《ひま》と若さ故のエネルギーを持て余したアラブの王子など、概《おおむ》ねこんなものなのかもしれないが……。

やや呆《あき》れた気分で新聞のコピーをチェックしていた桂一は、ある記事に目を留めた瞬間《しゅんかん》、眉《まゆ》をひそめた。

【ウーマナイザー返上？　ついに男にまで手を出したラシード殿下】

（男⁉）いる。

さすがにまさかとは思ったが、たしかに写真には、若い男と親しげに肩《かた》を組む王子が写っている。

【最近のラシード王子は女では飽《あ》きたらず、男とまで親密な仲になっている。売り出し中の新人俳優ジャスティンと肩を組むラシード王子】

写真の下の英文を読み、覚えずふーっと嘆息《たんそく》が零《こぼ》れる。これらの記事のどこまでが真実かは定《さだ》かではないが、話半分に受け止めたとしても、ラシード王子が享楽《きょうらく》的で奔放《ほんぽう》な人物であることは間違いなさそうだ。

この手の自由奔放なタイプと自分がそりが合わず、従って歓迎《かんげい》されないであろうことは容易に想像がつく。任務の先行きに不安を覚えた桂一は顔色を曇《くも》らせた。

ただでさえ、アラブ人は総じて気位が高く、扱《あつか》いづらいと聞くのに……。

「いや……」

桂一は頭を横に振《ふ》った。

まだ本人に会ったわけでもないのに、先入観は禁物だ。事前の情報だけで苦手意識を持つべきじゃない。

それに、警護対象者がどんな人間であろうとも、たとえどれだけ煙《けむ》たがられようとも、体を張ってその身を護《まも》るのが自分の仕事だ。

そう、自分に言い聞かせた時だった。机上の充電器に差し込んであった携帯が鳴り始める。

ピルルルッ、ピルルルッ。

こんな時間にかけてくる心当たりはひとりしかいない。そして案の定、充電器から引き抜《ぬ》いた携帯には【和輝《かずき》】という名前が表示されていた。六つ下の弟。大学の三回生だが、今は春休み中のはずだ。

通話ボタンを押し、耳に携帯を当てる。

「もしもし?」

『桂一?』

耳慣れた声が耳殻《じかく》に届いた。

「ああ、どうしたんだ? こんな時間に」

『こんな時間じゃないと捕まんねーじゃん』

不満そうな声を出される。たしかに、勤務中はプライベートの携帯はオフにしていることが多い。私用電話に気を取られて、任務を疎かにするわけにはいかないからだ。

「何か用があるならメールを入れてくれれば、定期的にチェックすると言ってあるだろう」

『別に用とかじゃねぇし。メールじゃ声が聴《き》けないじゃん』

ふてくされたような声に、気の置けない兄弟に対する甘えが混ざっているのを感じ取り、桂一は苦笑《くしょう》した。

「俺の声なんか聴いてどうする？」

『元気でやってんのか、ちゃんと声聴いて安心したいの。桂一からは連絡《れんらく》してこないしさ』

子供の頃《ころ》から和輝は自分にべったりで、いわゆる「お兄ちゃん子」だったが、いい加減ひとり立ちしてもいい年頃《としごろ》になってからも、「ブラコン」を公言してなかなか兄離《ばな》れしない。

それは、和輝が二十歳《はたち》になった時に、父が桂一の出生の秘密を明かしてからも変わらなかった。いや、むしろそれからのほうが、以前にも増してスキンシップが激しくなった気がする。

メールや電話を頻繁《ひんぱん》に寄越《よこ》すのはもちろんのこと、この寮《りょう》にも何度か泊《と》まりにきた。最近では、去年のクリスマスの深夜近く、突然《とつぜん》ケーキを持って訪ねてきた。和輝は伯父《おじ》の経営するカフェでアルバイトをしているので、そこのパティシエが作ったというケーキは美味《おい》しかったが、男兄弟ふたりきりで過ごすクリスマスに、若干《じゃっかん》の侘《わび》しさも感じないではなかった。

和輝は、兄の自分が言うのもなんだが、整った顔立ちをしている。背も高いし、スタイルもいい。頭の回転も速く、社交的だ。女の子にもてないわけでもないだろうに……いい年をしてひとり者の兄を気遣《きづか》ってくれたのだろうか。

そういえば——と、ふと思った。和輝が自分を「桂一」と呼び始めたのはいつからだったただろう。以前は「兄貴」と呼んでいたはずだが……。

ぼんやりそんなことを考えていると、受話口から和輝の声が届いた。

『なしのつぶてだから親父《おやじ》もおふくろも心配してるぜ。ただでさえ細いのに、ちゃんとメシ食ってるのかって』

こちらの不義理を責めるような声音《こわね》を耳に、考えてみれば正月に実家に戻ったきりで、ここ三ヶ月ほど両親の顔を見ていないと気がつく。父とは同じ警視庁に勤めているのにも拘《かか》わらず、滅多《めった》に顔を合わせることはない。おそらく桂一が日中のほとんどを外で過ごし、庁舎にいることが少ないからだろう。

「すまない。このところずっと立て込んでいて連絡を入れる余裕《よゆう》がなかった。あとで母さんにはメールしておく」

『ったく、マジで仕事馬鹿《ばか》なんだから』

憎《にく》まれ口《ぐち》を叩《たた》いた和輝が、しばらく黙《だま》ってから、不意に声の調子を変えた。

『……なぁ、まさか彼女とかできてないよな？　もしかして、そっちのつきあいもあっていよいよ忙《いそが》しかったとかじゃないよな？』

探《さぐ》るような声色に面食《めんく》らいつつも、邪険《じゃけん》に言い返す。

「俺がどんな生活をしているか知っているだろう。そんな余裕があるか」

『ま……そうだろうけどさ』

どこかほっとしたような声を出した和輝が、『でも桂一、その気になれば女なんてよりどりみどりじゃん』と継いだ。

「は？」

『自分がどんなルックスしてるか、自覚ないとこが桂一らしいっちゃらしいけどさぁ』

ひとりごちるみたいなつぶやきが聞き取れず、「何をぶつぶつ言ってるんだ」と顔をしかめる。

「用がないならもう切るぞ。明日も早いからな」

『はいはい、わかったよ。夜遅《よるおそ》くにお邪魔様《じゃまさま》。じゃあ、また連絡するから』

最後にそう言って通話は切れた。

折《お》り畳《たた》んだ携帯《けいたい》を机上の充電《じゅうでん》器に戻《もど》し、壁掛《かべか》け時計に視線を走らせる。十二時二十五分。一時まで資料を読み、そのあと風呂《ふろ》に入って寝《ね》よう。母親へのメールは明日だ。

そう決めると、桂一はふたたび資料に視線を落とした。


翌々日の午後三時過ぎ。

桂一は、外務省中東第二課のマラーク王国担当職員二名と共に、成田空港到着《とうちゃく》コンコースの一角にあるＶＩＰ専用ラウンジにいた。

桂一は初めて足を踏《ふ》み入れたが、一流ホテルのサロン並みの調度品が揃《そろ》った、広々とした空間だ。桂一が座っているソファも革張《かわば》りで、適度なクッションが効いており、座り心地《ごこち》はかなりいい。だが、くつろぐ余裕は今の桂一にはなかった。それは、外務省のふたりも同様のようで、誰《だれ》もローテーブルの上に置かれたコーヒーに手を付けていない。

この間、アドバンスを行う別働隊が宿泊《しゅくはく》先のホテルへ行き、ラシードが泊まる部屋の検索《けんさく》を済ませているはずだ。何か問題があれば、ただちに連絡が入る手はずになっているが、今のところ携帯に連絡はなかった。

ラシードの搭乗《とうじょう》便も、予定時刻に問題なく到着したと、先程《さきほど》空港職員から知らせがあった。

留学先のLAから訪日するラシードは、王室専用のプライベートジェットではなく、一般旅《いっぱんりょ》客機《かくき》の直行便で来るようだ。もちろんファーストクラスを使用の上、VIP用のイミグレーションを通り、一般人とは違《ちが》うルートで入国することになる。

（いよいよラシード殿下《でんか》とご対面か）

桂一自身、外国の王族の身辺警護が初めてなら、単独での任務も初めてだ。この二日でラシード王子に関するデータを頭に叩き込み、できる限りの事前準備はしたつもりだが、やはり緊《きん》張《ちょう》は否《いな》めない。

落ち着かない気分を紛《まぎ》らわせるために、桂一はそっとネクタイのノットに触《ふ》れた。結び目が緩《ゆる》んでいないかを指で確かめ、小さく深呼吸をする。

　今朝は悩《なや》んだ末にチャコールグレイのスーツを選び、白いシャツにロイヤルブルーのネクタイを締《し》めてきた。周囲に溶《と》け込み、必要以上に目立たないことがSPの基本だが、場合によってはVIPに帯同してパーティや高級レストランへ赴《おもむ》く必要もあるため、最低限の身だしなみを求められる。ちなみに、ジャケットの前ボタンをすべて開けているのは、有事の際、携行《けいこう》している武器を素早《すばや》く取り出すためだ。

　桂一と並んでソファに座っている、山下《やました》という五十代前半の外務省職員が、ちらっと腕《うで》時計に視線を走らせた。

「到着予定時刻から十五分。そろそろか」

「そうですね」

　うなずいた時、ドアの向こうに人の気配を感じた。室内に緊張が走る。

　ほどなくガチャッとドアが開き、空港の職員らしき年配の男性が顔を覗《のぞ》かせた。

「ラシード殿下の御成《おなり》です」

　桂一を含《ふく》め、三人が一斉《いっせい》に立ち上がる。空港職員がすっと身を退《ひ》き、入れ替《か》わりに長身の男性が姿を現した。

　刹那《せつな》、その場の誰もが息を呑《の》む。

　それほどまでに、戸口に立つ青年は若く、美しかった。美しいと言っても、女性的な美しさとは種類が違う。

父譲《ゆず》りなのであろう胡桃色《くるみいろ》の肌《はだ》と、陰影《いんえい》のはっきりした彫《ほ》りの深い顔立ち。ベドウィンの末裔《まつえい》に相応《ふさわ》しく、くっきりと形のいい眉《まゆ》と意志の強そうな眼差《まなざ》し。高い鼻梁《びりょう》。不遜《ふそん》げに口角を引き締めた、やや厚めの唇《くちびる》。

こちらは英国人の母から譲り受けたものか、深みのある暗い金髪《きんぱつ》は緩いウェーブを描《えが》いて肩《かた》にかかる。たっぷりとした二重の双眸《そうぼう》は、深海のような黒みを帯びた碧《あお》だ。異なる血の絶妙《ぜつみょう》なる融合《ハイブリッド》。一度見たら忘れられない強烈《きょうれつ》な印象を放つ、神秘的でエキゾティックな美貌《びぼう》。

襟元《えりもと》を広めに開けた白のシャツの上に黒いジャケットを羽織り、下は黒の細身のボトムとショートブーツというカジュアルな出《い》で立ちのせいか、アラブの王子というよりはハリウッドスターのようだ。

資料で見て、ハンサムな王子だと思ってはいたが、実物の迫力《はくりょく》は写真とは比べものにならなかった。

(……すごい)

思わず胸の中で感嘆《かんたん》の声をつぶやく。

ここまで美しい男を、生まれて初めて見た。

その均整の取れた長身から漂《ただよ》う、生まれながらに人の上に立つことを定められた者特有のオーラに気圧《けお》され、言葉もなく立ち尽《つ》くす桂一たちを、ラシードは傲慢《ごうまん》な眼差しで一瞥《いちべつ》した。

自分に魅入《みい》る日本人の視線をうるさげに手で払《はら》い、すらりと長い脚《あし》で室内に入ってくる。その後ろには、屈強《くっきょう》な大男がひとり、影《かげ》のように付き従っていた。黒い髪《かみ》に黒い肌。一見してアラブ人とわかる黒いスーツの大男は、おそらくボディガードだろう。

視線を一身に浴びながらもいささかも動じず、ラシードは肘掛《ひじか》け椅子《いす》にどさっと腰《こし》を下ろし、長い脚を高く組んだ。

『ラシード殿下、初めてお目にかかります。外務省の山下です』

山下が前に進み出て、アラビア語でラシードに話しかけた。畏《かしこ》まった手つきで差し出された名刺《めいし》を、ぞんざいに受け取ったラシードが、紙面を確かめることもせず、背後に立つボディガードに手渡《てわた》す。続いてもうひとり、斉藤《さいとう》という名の職員が名刺を渡《わた》したが、つれない応対は同様だった。

『日本政府は心よりラシード殿下のご訪日を歓迎《かんげい》いたします。ご訪日中、私どもでお役に立てることがございましたら、なんなりとお申し付けください』

山下の申し出を、ラシードは興味なさそうな顔で聞いていたが、すぐに素《そ》っ気なく首を横に振《ふ》った。

『別に、あんたたちにしてもらいたいことは何もない』

ややハスキーな声が紡《つむ》ぐ拒絶《きょぜつ》の言葉に、桂一はこっそり瞠目《どうもく》する。

（英語？）

発音は滑《なめ》らかだったが、今時の若者口調とでもいうのかやや粗野《そや》で……少なくとも、由緒正《ゆいしょただ》しい王族の言葉遣《ことばづか》いではない気がした。それに、アラビア語で話しかけたのにわざわざ英語で返してきたのには、何か理由があるのだろうか。

『そ、そうは申しましても、日本にいらっしゃるのは初めてでございますし、慣れぬ異国でご不便なこともあるやもしれません』

英語に切り替えた山下が、懸命《けんめい》に食い下がる。

『よろしければ、うちの斉藤がガイドを……』

『要《い》らない』

アテンドの申し出をきっぱり拒否《きょひ》された山下が、部下と顔を見合わせた。困惑《こんわく》もあらわに視線を彷徨《さまよ》わせ、桂一と目が合ったとたん、何かを思い出したような顔つきをする。

『殿下、ご紹介《しょうかい》が遅《おそ》くなりましたが、ご訪日中、殿下の身辺警護を担当致《いた》します、警視庁の東堂です。――東堂、こちらへ』

最悪のタイミングで紹介を受けた桂一は、内心の緊張を押し隠《かく》し、ラシードの前へと足を進めた。

ほっそりと華奢《きゃしゃ》な桂一を見てか、ラシードが片方の眉を不審《ふしん》げに持ち上げる。

近くに寄れば、ますます煌《きら》びやかさが増すその美貌に思わず見惚《みと》れてしまいそうになり、桂一は意識的に視線を落とした。ラシードの一メートルほど手前で歩みを止め、両手を体の脇《わき》にぴったりと添《そ》わせ、きっかり九十度に身を折る。

『本日より、殿下のお側《そば》に仕えさせていただきます、東堂です。よろしくお願い致します』

一礼し、邪険《じゃけん》にされるのを覚悟《かくご》の上で名刺を差し出すと、ラシードは意外にも、受け取った名刺に視線を落とした。裏返して、英語表記を読み上げる。

『Keiichi Todo……Security Police?』

顔を上げたラシードが、底の見えない海のような碧《あお》い双眸でじっと桂一を見据《みす》えてきた。値踏《ねぶ》みするような眼差しを向けられ、背中をむずむずとした感触《かんしょく》が這《は》い上がる。だがその居《い》心地《ごこち》の悪さを極力顔には出さず、露骨《ろこつ》な視線に耐《た》えているうちに、ラシードがふいっと顔を横向けた。背後の大男を顎《あご》でしゃくり、傲慢に言い放つ。

『護衛ならサクルがいる。日本人の警護員なんか必要ない』

『……………っ』

『第一こんなひょろっと細い、なよなよした男に護衛が務まるとも思えないしな。色もなまっちろくて護衛ってよりはハレムの宦官《かんがん》だ』

宦官――つまり、オカマとでも言いたいのか。

立て続けの侮蔑《ぶべつ》の言葉に、桂一は顔がじわりと熱くなるのを感じた。反論したいのをぐっと堪《こら》えていると、山下があわてた様子で口を挟《はさ》んでくる。

『その点に関しましてはご心配は無用です。東堂は非常に優秀《ゆうしゅう》なＳＰで、訓練も充分《じゅうぶん》に積んでおります。また、英語とアラビア語に堪能《たんのう》です。安心して警護を任せてくださって問題ありません』

山下の取りなしに、ラシードはふんと鼻を鳴らした。その顔には、どこか小馬鹿《こばか》にしたような表情が浮《う》かんでいる。見た目から桂一を見くびり、自分よりひと回りも小柄《こがら》な日本人に何ができる、と舐《な》めてかかっているようだ。却《かえ》って足手纏《まと》いくらいに思っているのかもしれない。

『とにかく、護衛は要らない』

帰れとばかりに、しっ、しっと手のひらを振られ、さすがにカチンと来た。

要らないと言われたからといって、すごすごとは引き下がれない。この、美しいが横柄《おうへい》な王子を護《まも》ることが、自分に課せられた任務である以上、どんなに疎《うと》まれてもここで退《ひ》くわけにはいかないのだ。

桂一は目の前の彫りの深い貌《かお》をまっすぐ見つめた。不敬を承知で『失礼ですが、殿下《でんか》』と口を開く。

『警護の件につきましては、日本側からひとり身辺警護に付くということで、すでにお話がついているはずです』

直後、山下がぎょっとした顔つきで「東堂くん！」と窘《たしな》めてきた。下手《へた》をしたら降格かもしれないという考えも頭を過《よ》ぎったが、ここまで言ってしまった以上、途中《とちゅう》で引っ込めるわけにもいかない。腹をくくって言葉を継《つ》ぐ。

『ここは米国でもマラークでもありません。日本にご滞在《たいざい》の間は、ホスト国である日本のルールに従う。それがゲストとしての最低限のグローバルマナーなのではないでしょうか』

静かに、だがはっきりとした声音《こわね》で問いかけると、ラシードの顔が露骨にむっとした。眉間《みけん》にくっきりと縦じわを寄せ、紺碧《こんぺき》の双眸が睨《にら》みつけてくる。その剣呑《けんのん》な眼差《まなざ》しを、桂一も揺《ゆ》るぎなく受け止めた。

ここで先に目を逸《そ》らしたら負けだ。

相手は、人を屈服《くっぷく》させて当たり前の支配者の血筋。少しでも弱みを見せたら、たちまち組み伏《ふ》せられる。

微動《びどう》だにせず、眼光に力を込め、桂一はラシードの険しい視線を受け止め続けた。

『…………』

握《にぎ》り締《し》めた手のひらが、滲《にじ》み出した冷たい汗《あせ》でじんわり濡《ぬ》れる。

息詰《いきづ》まる睨み合いが一分近く続いただろうか。ついに根負けしたかのように、ラシードが視線を逸らした。ぷいっと子供のように横を向く。その横顔に桂一は真摯《しんし》な声で告げた。

『全力で殿下を警護致しますので、ご同行をお許しください』

『……勝手にしろ』

ラシードが投げやりに吐《は》き捨て、桂一はひとまずの了承《りょうしょう》を得られたことに、ほっと胸を撫《な》で下《お》ろす。

ぴんと張り詰《つ》めていた空気が緩《ゆる》む気配に、山下と彼の部下も安堵《あんど》の息を吐くのがわかった。

『できる限り、お目障《めざわ》りにならないように努めます』

桂一は一言そう付け加えたが、ラシードはなんのリアクションも寄越《よこ》さなかった。不機嫌《ふきげん》そうに横を向いた王子を見下ろして、内心でため息を吐く。

ラシードからしてみれば、自分は日本政府のお目付役も同然で、煙《けむ》たい存在でしかない。歓迎されないことはある程度覚悟していたとはいえ、のっけからここまでごねられるとは思わなかった。

これは……心してかからないと。

予想外に手強《てごわ》い相手に気持ちを引き締めた桂一は、顎骨《がっこつ》を食い締め、中指で眼鏡《めがね》のブリッジをくいっと押し上げた。

2

外務省がチャーターしたリムジンで、空港からホテルへ向かった。

ホテルまでの道中、ラシードは耳にイヤホンを差し込み、腕組《うでぐ》みをした状態で、音楽でも聴《き》いているのか、一言も口をきかなかった。

ラシードの護衛のサクルも主人の傍《かたわ》らでむっつりと黙《だま》り込んでおり、そうなると最後部に並ぶ桂一たちも話すわけにいかず、自然と車内に沈黙《ちんもく》が横たわる。桂一は仕事柄《しごとがら》、黙っていろと言われれば何時間でも黙っていられるように訓練ができているが、山下とその部下は居心地が悪そうだった。しょっちゅう尻《しり》をもぞもぞと動かしている。

シートの背もたれに寄りかかることはせず、ぴしっと背筋を伸《の》ばしたまま、桂一は斜《なな》め前の席に座るラシードの横顔に、時折視線を走らせた。額に刻まれた縦筋と、引き結ばれた口許《くちもと》。見るからに不機嫌そうだ。

異国のSPごときに意見されたのが気に入らないのかもしれないし、空港からホテルまで一時間半もかかるアクセスの悪さに嫌気《いやけ》が差しているのかもしれない。

または父親の容態が気にかかるのかもしれなかった。

あるいは、そのすべてか。

（いずれにせよ、王子様はご機嫌斜《きげんなな》めだ）

不機嫌な王子とこの先もずっと——少なくとも今夜彼が寝入《ねい》るまでは一緒《いっしょ》かと思うと気が重いが、それが自分の仕事だ。

海外からの来客にすこぶる評判が悪い、空港からの一時間半の移動の末に、漸《ようや》く目的のホテルに到着《とうちゃく》した頃《ころ》には、すでに日が陰《かげ》り始めていた。

大通りを一本脇《わき》に逸れ、くねくね蛇行《だこう》した狭《せま》い道をしばらく上がった先——小高い丘《おか》の上にひっそりと建つ、そのクラシカルなホテル【カーサホテル東京】を、今回の滞在先に指定してきたのはラシードだった。

どうやら、ホテルのオーナーであるイタリア人実業家とハリーファ王家が懇意《こんい》の間柄《あいだがら》であるらしく、「来日するならば是非《ぜひ》に」と招待を受けたようだ。

【カーサホテル東京】は、本館と新館を合わせて客室が百室と規模は大きくはないが、さめ細やかなサービスに定評のあるホテルとして、桂一も以前からその名前を知っていた。警護する側面から見ても、何百室もある大型ホテルよりはこぢんまりとしたホテルのほうが館内の構造を把握《はあく》しやすい。その点においてはカーサを選んでくれたことに感謝したい気分だった。

リムジンが車寄せに停《と》まると、フロックコートのドアマンが駆《か》け寄ってきて、さっと後部座席のドアを開ける。

『殿下、ホテルに到着致《とうちゃくいた》しました』

山下の呼びかけに、ラシードが耳からイヤホンを引き抜《ぬ》き、座席からひらりと軽《かろ》やかに降り立つ。続いてサクル、桂一と残りのふたりも車から降りる。

ラシードに敬意を表すように一礼したドアマンが、正面玄関《げんかん》のガラスのドアを開いた。

ラシードを先頭にエントランスロビーに足を踏《ふ》み入れる。と、それを待ち構えていたかのように、ブラックスーツのスタイルのいい男性が近寄ってきた。

艶《つや》やかな黒髪《くろかみ》と切れ長の双眸《そうぼう》が印象的な彼は、まだ二十代の若さで総支配人のポジションを担《にな》う成宮《なるみや》だ。桂一は昨日の午後、下見のためにカーサを訪《おとず》れた際に挨拶《あいさつ》をして、すでに彼と面識がある。警護に関して打ち合わせをしたが、非常にクレバーで何事にも理解が早くて助かった。

『ご到着をお待ちしておりました、ラシード殿下《でんか》。お目にかかれて光栄でございます。当ホテル総支配人の成宮です』

流暢《りゅうちょう》な英語での挨拶に、ラシードがうなずく。

『カーサに殿下をお迎《むか》えできますことは、スタッフ一同の大きな喜びでございます。至らぬところも多々あるとは存じますが、少しでもおくつろぎいただけますよう精一杯《せいいっぱい》お仕えさせていただきますので、なんなりとお申し付けください』

『エドゥアールは元気か？』

『はい、先程《さきほど》もミラノから連絡《れんらく》がございまして、殿下によろしくお伝えください、またこちらからご連絡を差し上げますとの伝言を賜《たまわ》りました』

友人の伝言のおかげか、初めてラシードの顔が和《やわ》らいだ。

『しばらく世話になるけど、よろしく頼《たの》む』

成宮がにっこりと微笑《ほほえ》む。

『長旅でお疲《つか》れでございましょう。すぐにお部屋にご案内申し上げます』

ラシードの部屋は最上階のスイート、八〇三号室。

いくつかあるスイートの中でも最上級の部屋で、桂一は昨日下見をさせてもらったが、テラス付きの主室には、応接スペースとリビングスペース、バーカウンター、書斎《しょさい》スペースが備えられ、他《ほか》にも寝室《しんしつ》がふたつ、そのそれぞれにパウダールームとウォークインクロゼットが付いている。この広さならば、王族でもさほど窮屈《きゅうくつ》な思いはしないであろうと思われた。実のところ、ラシードが普段《ふだん》どんな邸宅《ていたく》に住んでいるのかわからないので確信は持てないが。

警護側からすると、できれば六階以下の部屋が望ましいが、オーナーの知り合いの王族にスタンダードタイプの部屋を宛《あて》がうわけにもいかないことはわかるので、致《いた》し方《かた》ないだろう。

成宮の案内で、本館八階まで上がる。エレベーターの中で成宮が、護衛のサクルには一階下の七階に部屋を用意したと説明していた。

八〇三号室のマホガニーの扉《とびら》の前には、桂一の同僚《どうりょう》のSPが二名立っていた。先着警護部隊《アドバンス》として、盗聴器《とうちょうき》や他の仕掛《しか》けなどの有無《うむ》を確認《かくにん》するために室内の検索《けんさく》を行っていた課員だ。

一行を見て、ふたりがすっと左右に分かれ、ドアの前から退く。彼らに目礼した成宮がドアを開き、ラシードとサクルを室内へ誘《いざな》った。三人の後ろから、山下と部下、さらにトランクを提《さ》げたベルボーイが一名、客室担当のスタッフが一名と続く。

桂一は廊下《ろうか》に残り、先輩《せんぱい》である同僚に「お疲れ様《さま》です」と声をかけた。

「問題ありませんでしたか？」

「ああ、綺麗《きれい》なもんだ」

ラシードの来日自体が公《おおやけ》になっていないので、危険な要素がなくてある意味当たり前なのだが、念には念を入れておくに越《こ》したことはない。

「それにしても最上級スイートってのはありえんくらいに広いな。俺なら持て余しそうだ」

同僚の台詞《せりふ》に軽いうなずきで同意を示して、桂一は「ここからは引き継《つ》ぎます」と言った。

「じゃあな、がんばれよ」

「王子様のお守《も》り、よろしく」

危険度が低いとわかっているので、同僚たちも軽口を叩《たた》く。

廊下を立ち去っていく同僚課員の背中を見送り、桂一は体の強《こわ》ばりを解くために、軽く肩《かた》を上げ下げした。深呼吸をしてから、真鍮《しんちゅう》のドアノブを摑《つか》む。

いよいよ、ここからは単身の任務だ。

静かに気合いを入れて、ドアを押し開ける。

部屋の中に入ると、ラシードはすでにリビングスペースのソファに沈《しず》み込んでくつろいでいた。サクルは例によってラシードの後ろに守護神のように控《ひか》え、山下たちは所在なげに部屋の隅《すみ》に立っている。時折『素晴《すば》らしいお部屋ですなぁ』などと話しかけていたが、ラシードに完全に無視されていた。

成宮の姿が見えないが、隣室《りんしつ》から聞こえる物音から察するに、ウォークインクロゼットの中でスタッフと一緒にトランクを開き、荷解きをしているようだ。

ほどなく主室に戻《もど》ってきた成宮がラシードに声をかける。

『お荷物ですが、ひとまず、お洋服とお靴《くつ》をクロゼットにセットさせていただきました。他にお手伝いできますことがございますでしょうか』

『いや、それでいい』

一揖《いちゆう》した成宮が、重ねて問いかけた。

『何かお飲み物をお召《め》し上《あ》がりになりますか』

ラシードが要《い》らないというように手をひらひらと振《ふ》る。了承《りょうしょう》の証《あかし》に軽く頭を下げた成宮が、次に山下のほうを見た。山下も首を振った。

「私どもはお構いなく」

最後に、成宮が桂一を見る。

「私も結構です」

任務中は最小限の水分しか取らないことが習慣になっている。状況《じょうきょう》によってはトイレに行くことができないからだ。

『あの……殿下、本日の御《ご》夕食はいかが致しますか？』

山下がおずおずと伺《うかが》いを立てたが、ラシードは相変わらず素《そ》っ気なかった。

『好きにやるからほっといてくれ』

王子との友好的なコミュニケーションの糸口を探《さぐ》っていた山下も、ついに諦《あきら》めたらしい。それ以上の深追いはせず、やや疲れた顔つきで『了解致《りょうかいいた》しました』と言った。

『では、他に御用《ごよう》がないようでしたら、そろそろ私どもは失礼させていただきます』

山下の暇乞《いとまご》いに、ラシードがどうでもいいといった顔つきでわずかにうなずく。

『何かございましたら、お渡《わた》ししました名刺《めいし》の携帯《けいたい》に直接ご連絡いただくのでもよろしいですし、もしくは東堂に申しつけてくださっても結構です。こちらからも定期連絡を入れさせていただきますので』

そう告げると、山下はラシードに『失礼致します』と一礼し、桂一には日本語で「よろしく頼みます」と声をかけてきた。その顔には「厄介《やっかい》ごとを丸投げしてしまって申し訳ない」と書いてある。外務省がさじを投げて退散してしまうとなると、ここから先は、何かあった場合、自分ひとりに責任がかかってくることになる。

気を引き締《し》める桂一に頭を下げた山下が、部下を促《うなが》し、そそくさと逃《に》げるように部屋を出て行った。

　ドアが閉まるのを見届けて、成宮がラシードに尋《たず》ねる。

『殿下、このあとのご予定はいかがなさいますか？　ホテル内のレストランでお食事を摂られるということでしたら、お席をリザーブさせていただきますが』

　だがラシードは、成宮の申し出に首を横に振った。

『ずっと座っていたから少し外に出たい。どこか店をリコメンドしてくれ』

『かしこまりました。お料理の種類でお好みのものはございますでしょうか』

『せっかくだから和食がいいな。和食ならなんでもいい。任せるよ』

（早速《さっそく》出かけるのか）

　ふたりのやりとりに聞き耳を立てていた桂一は、内心で舌打ちをしたい気分だった。

　まだ、王子の人となりも摑み切れていないし、共に警護に当たるサクルとは一言も口をきいていない。できれば、今夜くらい大人しくホテルに引き籠《こ》もっていて欲しいところだが、ラシードが桂一の都合を聞き入れてくれるわけもなかった。

　何事もないことを祈《いの》りつつ、身辺警護に当たるしかない。

その夜、ラシードは成宮が席を押さえた会席料理の店で夕食を摂った。米国でも日本食はブームで、ラシードも食べ慣れているらしい。

桂一は、ラシードとサクルが個室で食事をしている間、個室に一番近いフロア席で、ひとり簡単に食事を摂ることにした。彼らと同じコースメニューを食べる必要を感じなかったし、ラシードにしても、よそ者が一緒《いっしょ》では、せっかくの食事を楽しめないに違《ちが》いないと思ったからだ。

桂一が同席しないことを知っても、ラシードは何も言わなかった。好きにすれば？　とでもいうように、軽く肩を竦《すく》めただけ。どうやら桂一のことは、あって無きがごとく、まさしく「動く壁《かべ》」と認識することに決めたようだ。

驚《おどろ》いたのは、個室の給仕《きゅうじ》を担当していたスタッフが、何度もビールを運んでいたことだ。マラーク王国は、他のアラブ諸国に比べて比較的《ひかくてき》戒律《かいりつ》が緩《ゆる》やかだと聞いていたが、アルコールもOKなのだろうか。

（そういえば、ゴシップ誌に、パーティで酔《よ》っぱらって仲間と大騒《おおさわ》ぎしているところをパパラッチされていたか）

女性だけでなく、飲酒好きでもあるとは、大した不良ムスリムだ。

父親の見舞《みま》いに訪《おとず》れたのに、少しは自重する気はないのか。

今もまた、ビールのグラスが個室に運ばれるのを横目に、無意識にも眉《まゆ》をひそめていた桂一は、グラスの水を呷《あお》って、ふっと息をついた。

（まぁ……いいさ）

ラシードが何をしようが、問題さえ起こさなければ自分には関係ない。自分の任務は、滞在《たいざい》中の王子を警護し、父親の見舞いを滞《とどこお》りなく済ませ、帰りの飛行機に乗せることだ。成宮がぬかりなく個室を押さえてくれたおかげで、人目につくこともなく、無事に一回目の食事が終わった。

だが、これでホテルに戻れるとほっとするのは早かった。外務省がチャーターしたリムジンに乗り込むなり、ラシードが運転手に命じたのだ。

『ロッポンギへ向かってくれ』

これには桂一も面食《めんく》らった。

『六本木《ろっぽんぎ》!?』

思わず声を出し、助手席から身を乗り出すようにして振り返る。後部座席のラシードは、シートに凭《もた》れて脚《あし》を組み、「何か文句でも？」と言いたげな不遜《ふそん》な顔つきをしていた。

『六本木……ですか？』

『東京に詳《くわ》しい友人が、おもしろい店があるって教えてくれた』

たしかに外国人観光客には人気がある街だが……。

『夜の六本木は酔客《すいきゃく》も多く、殿下《でんか》にお勧《すす》めできる街ではありません』

桂一の口答えに、ラシードがみるみる不機嫌《ふきげん》になる。

『あんたの意見なんか聞いてない。——いいからロッポンギへ向かえ』

ルームミラー越《ご》しにラシードの顔色を窺《うかが》っていた運転手が、『はっ』と言って車を発進させた。仕方なく桂一も体の向きを戻し、フロントウィンドウを睨《にら》みつける。

(何がおもしろい店だ)

父親の見舞いのはずが、まるで観光気分のラシードに胸がむかむかしたが、自分には彼が行きたいところへ行くのを阻《はば》む権限はない。苛立《いらだ》ちをぐっと堪《こら》え、黙《だま》って付いていくしかなかった。

約三十分で六本木に到着《とうちゃく》し、ラシードが名前を挙げた店の五メートルほど手前に、リムジンが停《と》まった。店の前に付けたくとも、路上に群れる人垣《ひとがき》に阻まれて、それ以上は進めなかったのだ。

——ここか?

桂一は助手席のサイドウィンドウを下ろし、ネオン管が光る二階建ての建物をじっと見据《みす》えた。

開け放たれたドアから大音量の音楽が流れ出し、さらには、店からはみ出した客が路上まで溢《あふ》れている。ほとんどが二十代の若者で、グラスや煙草《たばこ》の吸い止《さ》しを手に、大声で話したり、歓声《かんせい》をあげたりしていた。中には、音楽に合わせて踊《おど》っているハイテンションな一団も見受けられる。

桂一が双眸《そうぼう》を細め、猥雑《わいざつ》な店の様子を観察している間に、ラシードがさっさとドアを自分で開けてリムジンから降りてしまった。あわてて桂一も助手席から降りる。

『お待ちください、殿下!』

先を行く長身に声をかけると、ラシードがぴたりと足を止め、振《ふ》り返った。

『その呼び方、よせよ』

低い声で咎《とが》められ、はっと息を呑《の》む。考えてみれば、これではラシードの身分を明かしているも同然だ。

『申し訳ございません。では……どのようにお呼びすればよろしいでしょうか』

『ラシードでいい。敬称《けいしょう》は要《い》らない。今の俺はただのラシードだ』

ラシードが気負いのない口ぶりで言った。

『……わかりました』

仮にも王族を呼び捨てにすることには抵抗《ていこう》があったが、この際仕方がない。

『ラシード、私が先に店の中に入ります。安全を確認《かくにん》して参りますので、しばらくこちらでお待ちください』

そう言い置くと、サクルにラシードを託《たく》し、桂一は店の中に入った。紫煙《しえん》の立ちこめる薄暗《うすぐら》い店内に一歩足を踏《ふ》み入れるやいなや、大音響《だいおんきょう》の洪水《こうずい》に襲《おそ》われる。

(うるさい)

耳が割れそうだ。こんな、お互《たが》いの話し声も聞こえないような店に好きこのんで入るやつの気が知れないと思いつつ、店内をチェックし始める。店の一角にカウンターがあり、テーブル席が二十席ほど、ぎっしりとフロアに詰《つ》まっている。その席を埋《う》める客層はざっと見るに、外国人が半分、日本人が半分といったところか。

店の奥にはビリヤードテーブルやピンボールの台、ダーツの的が並ぶプレイスペースがあった。ここでも外国人と日本人が入り交じって、それぞれゲームに興じている。

階段を上がって二階のフロアを見てから、ふたたび一階に下りる。いざという時の退路を確保するために、厨房《ちゅうぼう》の先の裏口を確認してフロアに引き返してきた桂一は、バーカウンターの前に立つ、長身のコンビを見て、ぴくっとこめかみを引きつらせた。

(待っていろと言ったのに！)

大股《おおまた》でカウンターに近づき、背後から『ラシード』と呼びかける。

バーテンダーから黒ビールのグラスを受け取ったラシードが振り返った。サクルはアルコールは呑まないらしく、ミネラルウォーターのボトルを手にしている。

『気が済んだか』

唇《くちびる》を歪《ゆが》めたラシードの、当てこするような口調に、桂一はむっと眉根《まゆね》を寄せた。

『私の気持ちの問題ではありません。貴方《あなた》の安全確保のためです』

硬《かた》い声で答える桂一をラシードが鼻で笑い、店内を顎《あご》でしゃくる。

『見て見ろよ、ご機嫌《きげん》な酔っぱらいばかりだ。誰《だれ》も周りなんか見ていない。俺がどこの誰だろうが気にするやつもいない。むしろここは安全だ』

『……しかし』

なおも言い募《つの》ろうとする桂一を、ラシードがうるさそうに遮《さえぎ》った。

『そんなに心配ならそこの壁にでも張りついて俺を見張ってりゃいい。ただし酒も呑めないあんたは客じゃない。店の邪魔《じゃま》にならないようにな』

それきりラシードは、もはや桂一に興味を失ったかのようにそっぽを向いてしまったので、渋々《しぶしぶ》と壁際《かべぎわ》に退く。

壁を背中にして立った桂一は、警護対象者を目で追うことに集中した。サクルも少し離《はな》れた位置から、さりげなくラシードを見守っている。

グラスを手にしたラシードが、ふらりとビリヤードテーブルに近づいた。プレイしている二人組の白人男性に話しかける。三人でしばらく談笑《だんしょう》していたかと思うと、ラシードが上着を脱《ぬ》ぎ、壁のキューラックから一本のキューを選び取った。ゲームに加わるらしい。

手足が長く、すらりと背が高いせいか、テーブルの傍《かたわ》らに立ち、キューの先端《せんたん》にチョークを擦《こす》りつける姿も様になっている。

先程《さきほど》ラシードは、誰も自分など気にしないと言ったが、そんなことはない。今だって女性客の何人かが、ちらちらとラシードのほうへ視線を送っている。

桂一はビリヤードをやらないので詳しいことはわからないが、どうやらラシードは上手《うま》いようだった。素人目《しろうと》にもフォームが美しく、彼がシャープな腕《うで》の振りで球を撞《つ》くと、カンッと小気味いい音が響《ひび》く。立て続けにポケットに球を落としたラシードに、対戦相手の白人男性が揶《や》揄《ゆ》混じりの口笛を吹《ふ》いた。

(上手いもんだ)

伊達《だて》に浮《う》き名《な》を流しているわけではないらしいと、皮肉なことを考えながらも、切れ味のいいショットにうっかり見入っているうちに、いつしかラシードたちの周りにはギャラリーが鈴《すず》なりになっていた。

三回連続の対戦が終わり、見物客がパチパチと拍手《はくしゅ》をする。主に圧倒的《あっとうてき》な強さで三連勝したラシードに対する賞賛だ。しなやかに体を折って一礼したラシードが、ギャラリーに向かって投げキッスをした。並の男がやれば失笑ものの気障《きざ》な仕草も、妙《みょう》に決まって見える。

キューを仕舞《しま》ったラシードに、ひとりの白人女性が話しかけてきた。スタイルのいい、若くて美しい女性だ。ラシードもまんざらではない表情で会話を交《か》わしている。やがて女性が片手を上げ、ラシードの腕を掴《つか》んだ。

「………っ」

警護対象者への接触《せっしょく》に対し、条件反射で壁《かべ》から背中を浮かせた桂一に、ラシードが視線で『来るな』と合図を寄越《よこ》す。事前に制され踏みとどまった桂一は、ふたりが肩《かた》を並べて歩き出すのを待って、その背中を静かに追った。同じくラシードを追うサクルを横目で確認する。

メインフロアに移ったラシードと女性は、カウンターのスツールに並んで腰掛《こしか》けた。その席が見える位置に、桂一も陣取《じんど》る。やがてふたりはビールで乾杯《かんぱい》し、楽しげに話し始めた。

二十分も経《た》つと、酔《よ》いも手伝ってか、ふたりの距離《きょり》間が徐々《じょじょ》に近づいていくのがわかった。ラシードの手が女性の腰《こし》に回り、女性もうっとりとラシードの肩に寄りかかる。

（……これは）

ふたりを見守る桂一の胸に嫌《いや》な予感が過《よ》ぎる。

そして、その嫌な予感は的中した。

その夜、ラシードがその女性をホテルに連れ帰ったのだ。


（最低な男！）

ファーストインプレッションから最低だったが、ここまでだとは！

わざわざ日本まで来てナンパか？

父親の見舞《みま》いに訪《おとず》れたんじゃなかったのか!?

連れ帰った女性とラシードが主寝室《しゅしんしつ》に籠《こ》もって、かれこれ三十分が経つ。

　壁を一枚隔《へだ》てたすぐ隣《とな》りでラシードが女性と抱《だ》き合っていると思うと身の置き所がなく、主室のリビングを落ち着きなく行ったり来たりしながら、桂一は時折ぴったりと閉じた主寝室のドアを睨《にら》みつけては、破天荒《はてんこう》王子を腹の中で罵《ののし》った。

　今まで、わがままな政治家や横柄《おうへい》なVIPも数多く見てきたが、さすがにここまでTPOを弁《わきま》えない警護対象者は初めてだ。状況《じょうきょう》が状況なだけにその神経を疑う。いくら若いと言っても、節度というものがあるだろう。

　実の息子《むすこ》がこれでは、病床《びょうしょう》の父親も浮かばれまい。

　自分だって、王子の性欲《せいよく》発散の手助けをするために、張り付いているんじゃない。

　何が悲しくて、人がよろしくやっている寝室《しんしつ》の横で、コトが終わるのをちんまりと待たなければならないのか？

　ただでさえ、朝からずっと気を張り続けていて、心身共に疲労《ひろう》もピークだ。さっさと寮《りょう》に戻《もど》って眠《ねむ》りたかったが、このあとまた、気まぐれ王子が出かける可能性もゼロではない。ラシードが眠りに就《つ》くのを確認するまでは、警護の任を勝手に降りるわけにはいかなかった。

（ちくしょう……最悪だ）

　苛立《いらだ》たしげに眼鏡《めがね》を中指で持ち上げた桂一は、落ち着きのない自分とは対照的に、肘掛《ひじか》け椅《い》子《す》に座って微動《びどう》だにしないサクルを見やった。

　主人の女遊びには慣れているのか、ラシードが店で引っかけた女性を車の中に連れ込んでも、サクルは顔色ひとつ変えなかった。今もまた、よく訓練された番犬よろしく主寝室のドアをまっすぐ見つめたまま、ぴくりとも動かない。浅黒い顔からは、その心中はまるで窺《うかが》えなかった。

『……いつもこうなのか？』

気がつくと桂一は、彫像《ちょうぞう》めいた横顔に向かって低く投げかけていた。

サクルがゆっくりと首を曲げ、アラビア語で「鷹《たか》」というその名のとおりの鋭《するど》い目つきでこちらを見る。闇《やみ》のような黒い瞳《ひとみ》と目が合った。

『あんたのご主人様だよ。いつもこんなふうに女性を連れ込むのか？』

『………』

『英語、わかるか？　わからないならアラビア語で……』

『俺の仕事はラシード様の護衛だ。あの御方《おかた》が何をなさろうと俺には関係ない。見守るだけだ』

その厳《いか》つい容貌《ようぼう》に相応《ふさわ》しい重低音。そう言えば、サクルの声を聞いたのは初めてだ。ちゃんと英語も話せるらしい。

『なるほど』

桂一はうなずいた。たしかに、そう割り切れば、ラシードの言動にいちいち苛立つこともないのかもしれない。

自分も少し前まではそう思っていた。警護対象者がどんな人格であろうと、プライベートで何をしようと関係ない。自分の任務はVIPが誰であれ、「動く壁」となり、護《まも》ることだ、と。

だが、実際にラシードに振《ふ》り回され始めると、平静ではいられなくなった。今日一日で何度頭に血が上り、感情的な物言いをしてしまったことか。

どんな状況でも理性を保つ訓練は積んできたつもりだったが、まだまだSPとして未熟な自分を思い知り、嘆息《たんそく》が零《こぼ》れる。

その点、護衛として自分よりステージが上だと思われるサクルに重ねて問いかける。

『あんた……王子のお付きになってどれくらいなんだ？』

『ラシード様が米国に渡《わた》られてからだから、四年になる』

(四年)

四年間、あの王子の側に付いていれば、ここまでの域に到達《とうたつ》できるのか。

ちらっとそう考え、次の瞬間《しゅんかん》、背筋がぞっとした。冗談《じょうだん》じゃない。あんなやつのお守《も》りを四年もやるなんて！

絶対に嫌だ。

ふるっと頭を振った時だった。主寝室のドアがガチャッと開く。

「……………！」

肩を揺《ゆ》らし、振り返った桂一の視界に、服を着た白人女性とローブ姿のラシードの姿が映り込んだ。ぴったりと体を密着させ、互《たが》いの腰にそれぞれ腕を回している。

上気した首筋と赤みを帯びた頬《ほお》、潤《うる》んだ瞳。しどけなく開いた唇《くちびる》。全身に情事の余韻《よいん》をまとわりつかせた女性から、桂一は目を逸《そ》らした。こめかみがじわりと熱を持ち、ラシードの顔もまともに見られない。

視線を落とし、絨毯《じゅうたん》を睨みつける桂一の耳に、女性をエントランスまで送ったラシードの囁《ささや》き声が聞こえた。

『また連絡《れんらく》する』

『絶対よ？　絶対に明日連絡してね』

鼻にかかった甘え声で女性が囁き返す。

『もちろん必ず。おやすみ。ハニー』

(何がハニーだ！)

思わず視線を振り上げた桂一は、女性がラシードの首に腕を巻きつけ、キスをしているシーンを目《ま》の当たりにして息を呑《の》んだ。

「……………ッ」

あわてて目を逸らす。見たのはほんの一瞬《いっしゅん》だったが、外国人特有の情熱的なキスシーンは眼裏に焼きついてしまい、なかなか消えない。

(くそ……っ)

居たたまれずに奥歯を噛《か》み締《し》め、ふたりが立つエントランスから顔を背《そむ》けていると、別れの挨拶《あいさつ》を終えたらしいラシードが『サクル』と護衛を呼んだ。

『彼女を下まで送っていってくれ』

サクルが無言で立ち上がり、すっとエントランスに歩み寄った。女性をエスコートして一緒《いっしょ》に部屋を出て行く。パタンとドアが閉じ、桂一は王子とふたりで残された。

お世辞にも首尾よく済んだとは言い難《がた》い初顔合わせ以降、ラシードとふたりきりになるのは初めてだ。そう意識した瞬間、なんとも言えない気まずさを覚えた。

ラシードがドアの前から戻ってきて、ソファにどさっと腰を下ろす。気怠《けだる》げに金の髪《かみ》を掻《か》き上げ、短く放った。

『水』

『……え？』

『水を持ってきてくれ』

『あ……はい』

俺は召《め》し使《つか》いじゃないと思ったが、サクルがいないので自分がやるしかない。バーカウンターまで行き、備え付けの冷蔵庫からミネラルウォーターのボトルをピックアップして戻った。

『どうぞ』

鷹揚《おうよう》にボトルを受け取ったラシードが、キャップをパキッと捻《ねじ》り、仰向《あおむ》いて水を流し込む。尖《とが》った喉仏《のどぼとけ》が野性的に上下し、口《くち》の端《はし》から滴《したた》った水が顎《あご》を伝った。喉《のど》を濡《ぬ》らし、さらに下降す

る水の筋をなんとはなしに追っていた桂一の視線が、形よく筋肉が盛り上がった厚みのある胸へと行き着く。

ローブの合わせ目から覗《のぞ》く――張りのある浅黒い肌《はだ》と引き締まった腹筋。

男の裸《はだか》など自分も含《ふく》めて見慣れているはずなのに、たった今女性と抱き合ったばかりなのだと思うと、妙《みょう》に生々しく感じた。しっとりと艶《なま》めく瑞々《みずみず》しい肌から、情事の残《のこ》り香《が》が濃厚《のうこう》に立ち上るようで……胸の奥がざわっとざわめく。

こういうのを「フェロモン」とでも言うのだろうか。

『今夜はもう、お出かけはなさいませんか？』

目の遣《や》り場《ば》に困った桂一は、伏《ふ》し目がちに尋《たず》ねた。

『ああ、満足したからな』

満足、というあけすけな台詞《せりふ》に今度は背筋がざわっとする。いちいち反応する自分が疎《うと》ましかったが、こういった展開に免疫《めんえき》がないので仕方がない。

ともあれ、今夜はこれで警護から解放されそうだが、先程《さきほど》ラシードは彼女に『また連絡する』と言っていた。ということは、明日以降も彼女がこの部屋に来るのだろうか。

それは勘弁《かんべん》して欲しいと思いながら、桂一はおそるおそる訊《き》いた。

『先程の女性にまた連絡なさるのですか？』

『まさか。するわけがないだろ』

『え？』

予想外の返答に視線を上げる。誠意の欠片《かけら》もない言葉を吐《は》いたラシードは、悪びれるでもなく平然としている。

『しかしさっき……』

『彼女だって承知の上だ。一度きりのアバンチュールだからこそ、お互いに余計なことを考えずに心から楽しめる』

言って、ラシードが片頬を歪《ゆが》めた。ふてぶてしくも不遜《ふそん》なその表情が、なぜかひどく艶めいて見えて、不覚にもドキッとする。

（馬鹿《ばか》。何を……）

さっきから過剰《かじょう》反応な自分に内心で舌打ちをしていると、ラシードがつぶやいた。

『それに……相手が誰《だれ》だろうと一度目が一番いい。何度もやれば刺激《しげき》が薄《うす》れ、マンネリになるだけだ。違《ちが》うか？』

同意を求められた桂一は、レンズの奥の双眸《そうぼう》を瞬《しばたた》かせた。

そんなスレた意見に相槌《あいづち》が打てるほど、自分は女性経験が豊富ではない。

『……わかりません』

困惑《こんわく》の滲《にじ》む声を落とす桂一に、ラシードがふっと肉感的な唇の片端《かたはし》を持ち上げた。

『あんた、つまんない男だな』

侮蔑《ぶべつ》混じりの言葉にむっとしたが、仕事人間の自分が他人から見て面白《おもしろ》みがないであろう自覚はあったので、何も言い返せなかった。腹いせに胸の中で毒づく。

(俺がつまらない男なら、おまえは最低の男だ)

その最低の男と、まだ何日も行動を共にしなければならないと思うと、それだけで軽い目眩《めまい》がする。この先自分が耐《た》えなければならない時間を思い、桂一は喉許のため息を噛み殺した。

3

翌朝、桂一は八時半にはカーサの八〇三号室を訪《おとず》れたが、ノックに応《こた》えてドアを開けたのはサクルだった。

『ラシード様はまだおやすみ中だ』

そう言われ、ラシードが起きてくるまで主室で待つことになった。

待機中は持参した新聞二紙に目を通し、仕事用の携帯《けいたい》をチェックする。パソコンのメールアドレスに届いたメールを携帯に転送するようにしてあるのだが、今朝はあわただしくしていてチェックできなかった。目覚ましが鳴っても起きられず、めずらしく寝坊《ねぼう》したせいだ。

昨日の夜、警護任務から解放され、この部屋を辞したのが十二時過ぎ。それから一度警視庁の警護課に戻《もど》り、まだ残っていた伊達に報告を上げ、外務省の山下にもメールを入れた。

自宅に戻れたのは一時過ぎ。風呂《ふろ》に入り、細々とした雑事を済ませ、布団《ふとん》に潜《もぐ》り込んだのが二時を回っていた。普段《ふだん》ならば五時間眠《ねむ》れば問題ないのに、七時の目覚ましで起きられないとは……余程《よほど》疲《つか》れていたらしい。

一日中、慣れない任務で気が張っていたのもあるが、やはり最後の「お持ち帰り」のダメージが大きかった。あれでどっと疲労《ひろう》が蓄積《ちくせき》されたのだ。

さすがに伊達にも山下にも、その件は報告できなかった……。

一夜明けても、昨夜のラシードの、情事の余韻《よいん》を色濃《いろこ》く残した姿を思い出すと、胸の奥がざわざわと落ち着かない気分になる。

九時過ぎにやっと主寝室《しゅしんしつ》のドアが開き、寝乱《ねみだ》れた金の髪を掻き上げつつ、ローブ姿のラシードが現れた。

『おはようございます、殿下《でんか》』

前に進み出て挨拶すると、桂一の顔をまじまじと眺《なが》めたラシードが『あんたか』とつぶやく。

桂一の存在などすっかり忘れていたといった表情だ。

『何しに来たんだ？』

あくび混じりにそんなふうに問われ、何しに来たはないだろうと思ったが、こんなことでいちいちこの王子に腹を立てていたのでは身が保《も》たない――ということを昨日半日で思い知ったばかりだ。

『お忘れですか？　殿下が日本におられる間は、私が身辺警護に付かせていただきますことを』

真顔で答える桂一に、ラシードが『あー……そうだっけ？』と、どうでもよさそうな生返事をした。

『はい。早速《さっそく》ですが、殿下の本日のご予定を伺《うかが》わせていただきたいのですが』

『あとにしてくれ。腹が減った。まずは朝食だ』

そう言われてしまえば、退《ひ》かざるを得ない。

朝食は「イン・ルーム・ダイニング」で摂《と》ることになった。オーダーから三十分ほどで、客室担当スタッフが朝食一式をワゴンで運んでくる。

グリーンが鮮《あざ》やかなサラダ、卵料理、カリッと焼き上げたベーコン、ボイルしたソーセージが載《の》った大きな皿、焼きたてのパン、ヨーグルト、フルーツ、オレンジジュース、コーヒーなどが、スタッフによって手早くテラスのガーデンテーブルにセッティングされた。

カーサは、美味《おい》しいレストランが揃《そろ》っていることで有名なホテルだが、朝食も見るからに美味しそうだ。

スタッフのサーブでラシードが優雅《ゆうが》に朝食を摂っている間、桂一とサクルはソファで待機していた。

昨日は結局病院には行かなかったが、今日こそは、ラシードも父王の見舞《みま》いに訪れるだろう。

そう信じて疑わなかった桂一は、ゆっくりと朝食を終えてから、さらにゆっくりと風呂に浸《つ》かったラシードが、いらっとするほどの時間をかけて身支度《みじたく》を済ませ、漸《ようや》く『出かける』と宣言した時、迷わず『病院ですね』と確かめた。

しかし、ラシードの答えは思ってもみないものだった。

『今日はシブヤに行く。独特のカルチャーを持っている街で、前から一度行ってみたかった』

『渋谷《しぶや》……ですか？』

予想外の返答に、思わず訝《いぶか》しげな声が落ちる。

病院は三田《みた》にある。つまり見舞いではないということだ。立ち入ったことと知りつつも、つい疑問が口をついた。

『渋谷には何をしに行かれるのですか？』

『特に目的はないけど、ショップ見たり……』

目的が特にないのなら、優先順位としては見舞いが先である気がしたが、意見をする立場にもいないので『そうですか』とうなずく。

『では病院にはそのあとで立ち寄られますか？』

当然そうであろうと思い、確認《かくにん》の意味で尋《たず》ねたとたん、ラシードの顔が不機嫌《ふきげん》になった。

『見舞いには行かない』

『えっ……』

一瞬《いっしゅん》耳を疑った。

見舞いに行かない⁉

（そんな……）

伊達の説明によれば、ファサド国王の容態は安定しているとは言い難《がた》いという話だった。今日明日にどうということはないにせよ、病床《びょうしょう》を訪ねるのならできるだけ早いほうがいいと思われる。そうでなくともラシードは、米国に留学していて父親とは長く顔を合わせていないはずだ。

そのための来日のはずなのに、肝心《かんじん》の見舞いに行かない。兄弟の中でも一番初めに東京に乗り込んできておきながら……。

外務省の山下は事前の打ち合わせの席で、ラシードの一番乗りの理由を、王位継承《けいしょう》を睨《にら》んでの父親へのアピールではないかと推測していた。その説が正しいとして、言葉は悪いが仮にも点数稼《かせ》ぎをしたいのなら、すぐにでも病院に駆《か》けつけるべきだ。他に先駆《さきが》けていち早く来日したはいいが、いつまでも見舞いに行かないのでは意味がない。

ラシードの行動に合点《がてん》がいかず、眉《まゆ》をうっすらひそめてしばらくそのエキゾティックな美貌《びぼう》を見つめていた桂一は、ついに我慢《がまん》できずに問いかけた。

『なぜ病院にいらっしゃらないのですか？』

ラシードの顔が、いよいよ険を孕《はら》む。眦《まなじり》が吊《つ》り上がり、唇《くちびる》がむっと引き結ばれた。

『あんたには関係ない』

『………っ』

『余計な口を挟《はさ》むな』

苛立《いらだ》った口調でぴしゃりと撥《は》ねつけられ、桂一はぐっと奥歯を噛《か》み締《し》める。

たしかに、家族の問題であることを思えば、差し出がましかったかもしれない。

いちいちラシードが行動の理由を自分に説明する必要もない。ないが……。

それにしても納得《なっとく》がいかない。

（腑《ふ》に落ちない……）

桂一のもやもやとした心情などどこ吹《ふ》く風《かぜ》と、リムジンでホテルを出たラシードは、渋谷から青山、原宿《はらじゅく》にまで足を伸《の》ばし、その日一日ショッピングに明け暮れた。


その日、ラシードが立ち寄った店は、洋服店、靴屋《くつや》、バッグや小物を扱《あつか》う店、雑貨店、書店、CDショップなどなど、トータルで十軒《けん》以上。

ひとつひとつの店に三十分は滞在《たいざい》して、店員が持ってくる洋服や靴《くつ》、小物をとっかえひっかえ試《ため》す。その間、桂一は店の片隅《かたすみ》に立ち、苛立ちを胸の奥深くに押し込めて、王子様のファッションショーを眺めている他《ほか》なかった。

ラシードは、どんなデザインの服もモデルのように着こなした。「ものすごくよくお似合いです！」という店員のお決まりのセールストークも、一概《いちがい》におべっかばかりではないことは、ラシードをうっとりと見つめる目つきから察せられる。卓越《たくえつ》した美貌とスタイル故《ゆえ》に、何を着ても似合うのは認める。

だが、「着飾《きかざ》る」という概念《がいねん》がない桂一には、あれもこれもと必要以上に何着も服を欲しがる心理が理解できなかった。

(女じゃあるまいに)

しかも、店員が英語ができない場合は図《はか》らずも、桂一が通訳をすることになってしまう。

『このデザインで他の色バリエーションはないか訊《き》いてくれ』

『サイズが少しきつい。ワンサイズ大きなものを持ってこさせてくれ』

『このフォルムの場合、裾《すそ》はシングルとダブル、どちらがベストか訊いてくれ』

仕方なく通訳しているうちに、いつしかラシードは、桂一をすっかり便利に使うようになってしまった。新しい店に入った桂一が、いざという時に備え、その間取りや出入り口をチェックしている際にも、『そんなのどうでもいいから、早くこっちに来て通訳しろよ』と言い出す始末だ。

また、どこからそんな情報を仕入れて来たのか、ラシードの「立ち寄りたい店リスト」には、ビルの一室で固定客相手にひっそりと営んでいるようなレアショップもあり、まともな看板すら出していない、その手の店を探し出すのは至難の業《わざ》だった。

『カーナビゲーションでも「この近辺」ということしかわからないようです。このあたりは狭《せま》い路地が入り組んでいて、ただでさえわかりにくいですし……』

しかし、ラシードは諦《あきら》めない。

『じゃあ、誰《だれ》かに訊いてきてくれ』

『……私がですか？』

『他に誰がいるんだよ？　運転手は車を離《はな》れるわけにはいかないだろ』

『…………』

結局、桂一が店に電話をかけて道順を訊き、その上で通行人に道を尋ね、散々迷った挙げ句になんとかお目当てのショップを探し出した。

桂一が孤軍奮闘《こぐんふんとう》している間、ラシードはリムジンの中でゆったりと待機だ。

さらに、桂一が本来の任務とは関係のないそういった雑務を引き受けるのは当たり前と思っているらしく、労《ねぎら》いの言葉ひとつない。……もしかしたら、マラークの辞書には『ありがとう』という単語は載っていないのかもしれないと、穿《うが》った考えが頭を過《よ》ぎる。

自分はSPであって、通訳でもガイドでもアテンド要員でもない！

そう怒鳴《どな》りつけたい衝動《しょうどう》に何度も駆られたが、相手が王族では実行に移すわけにもいかなかった。そもそもラシードにSPと通訳の区別がついているかどうかも甚《はなは》だ怪《あや》しい。

ラシードにとって、自分に仕える者という意味では、桂一もサクルも運転手も同じ。桂一のことは、日本政府が寄越《よこ》した「パシリ」くらいに思っているのだろう。

余計なお世話だとわかっていても、こんなことをしている間に病院に行くべきなのではないかと思うと、胸の中がもやもやする。

買い物なんか、大事な用件を済ませたあとで、空いた時間ですればいいじゃないか。

なぜ今日――今でなければならないのか？

ラシードが何を考えているのか、その思考回路が読めない。

単なる考えなしの馬鹿《ばか》なのか？　何か策があってのことなのか。

（わからない）

荷物持ち担当のサクルが、両手に持ちきれなくなった荷物をリムジンに積んで、また戻《もど》ってきて――を繰《く》り返していたが、そのリムジンにさえ積みきれなくなったので、漸《ようや》く買い物ツアーは終了《しゅうりょう》し、ホテルに戻ることになった。すでに周囲は暗くなってきている。

桂一自身、普段《ふだん》ほとんど買い物などしないので、十軒以上のショップを梯子《はしご》しただけで通常の任務の倍くらい疲《つか》れた。帰りのリムジンの中では、背筋を伸ばしていることができず、シートの背もたれに寄りかかってしまったほどだ。

今晩の夕食はカーサで摂《と》る、とラシードが言った時には心底ほっとした。カーサの中ならば基本的に安心だし、何より成宮がフォローしてくれるので、ずいぶんと楽だ。

ラシードとサクルがメインダイニングで夕食を摂っている間、桂一は彼らの席が見える場所にテーブルを用意してもらい、食事を済ませた。フレンチのコースは胃にも懐《ふところ》にも負担《ふたん》が大きかったので、その旨《むね》を成宮に伝えると、彼が単品のブイヤベースを勧《すす》めてくれた。成宮お勧めのブイヤベースは、スープがある分腹が適度に膨《ふく》れ、とても美味《おい》しかった。カーサのレストランは味がいいという評判は、どうやら本当のようだ。美味しいものを食べて、ささくれ立っていた気分が少し和《なご》む。

フルコースの夕食が終わり、部屋に戻ったのは十時近かった。食事中ラシードは、食前酒の他に赤と白のフルボトルをひとりで空けていた。アルコールも相当入っていることだし、今夜はこのまま休んで欲しいと心から願ったが、現実はそう甘くはなかった。

部屋に戻るなり、またもやラシードが『これから出かける』と言い出したのだ。

『……どちらへ？』

疲れを知らないラシードにうんざりしながら尋《たず》ねると、『シンジュク』という答えが返ってきた。

『シンジュクのカブキチョウに行きたい』

『カブキチョウは日本で一番の歓楽街《かんらくがい》と聞いた。旅先でその国の一般庶民《いっぱんしょみん》の素顔《すがお》を知るには、あらゆる欲望《よくぼう》が集結する歓楽街に行ってみるのが手っ取り早い』

もっともらしい説を唱えられたが、到底《とうてい》納得できるものではない。

夜の歌舞伎町《かぶきちょう》は東京で一番危険だと、懸命《けんめい》に説得したのだが、好奇心旺盛《こうきしんおうせい》な王子に聞き入れてはもらえなかった。

『そんなに嫌《いや》なら、ついてこなけりゃいいだろ』

（……できることならそうしたいよ……）

だがもちろんそんなわけにはいかず――。

新宿へ向かうリムジンの中で、桂一はシクシクと痛み出した胃を宥《なだ》めるために、鳩尾《みぞおち》のあたりをそっと手でさすった。連夜、ラシードの夜遊びに付き合わされるストレスで、胃が悲鳴をあげている。

それも……よりによって歌舞伎町。

言わずもがな、日に三十万人が訪《おとず》れる日本一の歓楽街だ。

都条例により客引きが禁止されて以降、目に見える「キャッチ」の姿は消えたが、それでも街の煩雑《はんざつ》さは変わらない。

けばけばしい極彩色《ごくさいしき》のネオン。ゲームセンターの店頭から流れ出る大音量のＢＧＭ。道の至るところにたむろう酔客《すいきゃく》。

その濃《こ》いめの化粧《けしょう》と露出《ろしゅつ》の多い服装から、ひと目で水商売とわかる女たち。すれ違《ちが》う人間の半数が日本語以外の言葉を話し、その筋の者とわかるガラの悪い男たちの姿も多数見かける。

目つきが鋭《するど》く、一見してやくざに見える男が、実は巡回《じゅんかい》中の私服警官ということもある。

桂一は個人的にあまり好きではなく、仕事でもなければ足を向けないエリアだが、初めて歌舞伎町を訪れたラシードは、この街が放つ独特のパワーに興味を引かれたようだ。

『へー、ずいぶんと明るいな。こんな時間でも人通りが多い』

紺碧《こんぺき》の瞳《ひとみ》を輝《かがや》かせ、リムジンから降りるやいなや、ひとりで勝手に歩き出す。桂一はあわてでラシードに駆《か》け寄り、横に並んだ。サクルは一歩後ろから静かについてくる。

前方と左右、抜《ぬ》け目なく視線を配りつつ、桂一はラシードの傍《かたわ》らを歩いた。

時折足を止めて店の中を覗《のぞ》き込みながら、メイン通りをひとわたり流したラシードが、今度は脇道《わきみち》に入る。すると道が狭くなり、心なしか街灯も薄暗《うすぐら》くなった。風俗店《ふうぞくてん》やアダルトショップなども軒《のき》を並べ、いかがわしい雰囲気《ふんいき》が漂《ただよ》う裏道に、桂一がひそかに警戒《けいかい》心を強めていると、斜《なな》め頭上から声が落ちてきた。

『あれはなんの店だ？』

ラシードの視線を追って、蛍光《けいこう》ピンクのネオンがピカピカと光る、間口の小さな店を認める。蛍光灯《けいこうとう》が眩《まぶ》しい乳白色のスペースには、キャバ嬢《じょう》や風俗嬢《ふうぞくじょう》のパネル写真が所狭《ところせま》しと貼《は》られ、ピンクチラシやフリーペーパーがぎっしりラックにささっているのが見える。さらに、カウンターにノートパソコンが数台置かれており、サラリーマン風の男がモニターを覗き込んで、何かを熱心に検索《けんさく》していた。

桂一自身、足を踏《ふ》み入れたことはないが、この手の風俗《ふうぞく》案内所が、この歌舞伎町に何軒か点在しているのは知っている。

『歌舞伎町のインフォメーションセンター……のようなものです』

ただし風俗専門の——とは、敢《あ》えて口にしなかった。

それがいけなかったのか。

『入ってみる』

『えぇっ』

桂一が動揺《どうよう》している間に、ラシードはさっさと店の中に入ってしまう。放っておくわけにもいかず、渋々《しぶしぶ》と桂一もあとを追った。サクルは入らずに、店の前で待機している。

先に中に入ったラシードはものめずらしげに店内を見回してから、チラシやフリーペーパーが並ぶラックの前に立った。チラシには、「無料！」とか「お得情報満載《まんさい》！」などの文字が躍《おど》っているが、すべて日本語だから、ラシードにとっては無用の長物だ。

気が済んだだろうと思い、『出ましょう』と桂一が促《うなが》した時、ひとりの男がすっと近づいてきた。黒いロングコートに身を包み、油っぽい髪《かみ》をオールバックにした痩《や》せぎすの男だ。目つきが昏《くら》く、夜の街の住人特有の匂《にお》いがする。

「お兄さんたち、お店捜《さが》しているの？」

しゃがれた声で問いかけられたが、桂一は無視した。この手合いには関《かか》わらないに限る。すると男は、今度はへたくそな英語でラシードに話しかけた。

『歌舞伎町、初めて？』

『ああ』

自分の英語が通じたことに気をよくしてか、男がさらに言葉を重ねる。

『かわいい娘《こ》がいっぱいいる店があるよ。怖《こわ》い店じゃないから大丈夫《だいじょうぶ》。明朗会計。意味わかる？』

『ラシード、構わないで行きましょう』

桂一は耳許《みみもと》で囁《ささや》いたが、ラシードは動かない。男をじっと見つめて、『その店、おもしろいのか？』と尋ねた。

『おもしろい？　うん、おもしろいよ』

にやっと笑った男が請《う》け負《お》うと、『じゃあ行こう』と応じる。桂一は頭がクラッとした。

（あり得ない！）

奔放《ほんぽう》すぎる王子に目眩《めまい》を覚えているうちに、男とラシードは連れ立って案内所を出て行ってしまう。

『ラシード！』

男と肩《かた》を並べるラシードを焦《あせ》って追いかけた桂一は、思わず衝動《しょうどう》的に、その腕《うで》を後ろから摑《つか》んで引き留めた。

『いけません！　ろくな店じゃないに決まっている！』

こんないかがわしげな男が連れて行く店など、風俗関係に決まっている。昨日の六本木《ろっぽんぎ》の店とはわけが違うのだ。

　だが、ラシードは聞く耳を持たない。

『行ってみなきゃわからないだろ』

『行かなくてもわかります！　トラブルになったらどうするんですか？』

『トラブルを恐《おそ》れていたら何も得られない』

　普段《ふだん》よりも一段低い声音《こわね》に虚《きょ》を衝《つ》かれ、桂一は顔を振《ふ》り上げた。刹那《せつな》、高みから睥睨《へいげい》するような冷ややかな眼差《まなざ》しに射貫《いぬ》かれて、息を呑《の》む。

『し、しかし』

『行きたくないなら、先にひとりで帰ればいい。サクルがいればあんたは別に必要ないしな』

『……………っ』

　日中は散々通訳代わりに便利に使っておきながら、ひどい物言いをしたラシードが、桂一の腕を振り払《はら》った。

『サクル、行くぞ』

　歩き出した主人の背後に、サクルが黙《だま》って付き従う。

　自分を置いて行ってしまった三人をしばし呆然《ぼうぜん》と見送ってから、桂一は「くそっ」とアスファルトを蹴《け》った。

「何かあったら責任取らされるのはこっちなんだよ！」

夜目にもひときわ目立つ金の髪を睨《にら》みつけ、日本語で低く吐《は》き捨てたのちに、三人の背中を追い始める。

たとえどんなに、心の底からそうしたくとも、夜の歌舞伎町のど真ん中に王位継承《けいしょう》権第二位の王子を置き去りにして帰るわけにはいかなかった。

男が一行を連れていった先は、いわゆる「キャバクラ」だった。店名は『MILKY』。ホストクラブやバー、ラウンジなどが看板を並べる、雑居ビルの五階に入っている。

案内役の男は、店の入り口まで桂一たちを連れていくと、店内には入らずに踵《きびす》を返した。また裏道に舞《ま》い戻《もど》り、「お客」を捜《さが》すのだろう。

「いらっしゃいませ！　新規三名様ご来店です！」

エントランスで、インカムを装着した黒服に出迎《でむか》えられる。

キャバクラという響《ひび》きから、ミラーボールがくるくる回っているようなけばけばしい店内をイメージしていたのだが、思っていたものとはずいぶんと違い、『MILKY』は黒とアイボリーを基調としたシックな内装の店だった。客の顔がお互《たが》いに見えないようにとの配慮《はいりょ》か、全体的に暗めのライティングで、席は七席のバーカウンターと、ソファ仕様のボックス席が十席ほど。

ダンスフロアもあり、生バンドに合わせて数名の男女が体を揺《ゆ》らしている。

（おそらく、左手のカーテンの奥がバックヤードと厨房《ちゅうぼう》、そして裏口。裏口は非常階段に通じているはずだ。洗面所は右手の通路の奥か）

飲食店の造りは大体どこも似たり寄ったりなので、今までの経験値からおよそ当たりをつける。あとで頃合《ころあ》いを見て実際に確認《かくにん》することにして、ひとまず桂一は店の間取りを頭に叩《たた》き込んだ。

ビロード張りのボックス席のひとつに案内され、ラシードを挟《はさ》み込む形で腰《こし》を下ろしたとたんに、カマーベスト姿のウェイターがやってきた。グラス、灰皿、氷の入ったアイスペールと、ウィスキーのボトルがラウンドテーブルにセットされる。手早く水割りを作ったウェイターが、ラシードの前にグラスを置く。続けて桂一の水割りを作ろうとするのを、「私はいいです」と制した。

「私はお水をください」

そう言ってから、サクルのほうを見て尋《たず》ねる。

『どうする？　あんたも水でいいか？』

サクルがうなずくのを待って、「彼も水でいいそうです」とウェイターに告げた。

『無粋《ぶすい》なやつらだな。一杯《いっぱい》くらいつきあえよ』

早速《さっそく》水割りのグラスを手に取ったラシードが顔をしかめる。

『そうはいきません。仕事中ですから』

　きっぱり断ると、ラシードは聞こえよがしにちっと舌を打った。

『じゃあせめてその仏頂面《ぶっちょうづら》をどうにかしろよ。酒がまずくなる』

『…………』

(誰《だれ》のせいで、こんな顔をしていると思っているんだ)

　苦々しい思いを、桂一はグラスの水と一緒《いっしょ》に呑み下《くだ》す。

『あんたさ、いっつもそんなふうに眉間《みけん》にしわ寄せて、ネクタイぎゅうぎゅうに結んでて疲《つか》れないのか』

　突然《とつぜん》の問いかけに、桂一は顔を横向けた。ラシードの碧《あお》い瞳《ひとみ》とまともに目が合い、ちょっとドキッとする。

『せっかくこういう席にいるのに、端《はな》から楽しもうともしないでさ』

『今は仕事中ですから』

『またそれかよ』

　眉《まゆ》をひそめたラシードが、額にかかった髪を掻《か》き上げた。

『たまには新たな扉《とびら》を開けて、新しい自分を見つけたいとか思わないわけ？』

　そんなこと、考えたこともなかった。

　自分は自分だ。

キャバクラだって、こんな機会でもなければ一生入らなかっただろう。同じ酒を呑むにしても、桂一はどちらかと言えば静かに呑みたいクチだ。ホステスにあれこれ話しかけられるのも疎《うと》ましいし、場を盛り上げる才覚もない。

（新しい自分？）

今までの人生で、いつもの自分と違《ちが》う自分になってみたいなどと、一度も考えたことがなかった。そういった機会があったとしても、無意識に避《さ》けてきたのかもしれない。

若くて冒険《ぼうけん》心に満ちたラシードからしてみれば、こんな自分は「つまらなくて」「無粋」に違いない。

だが、二十七年間この性格で生きてきてしまったものを、今更《いまさら》変えられない。

「こんばんはぁ」

甲高《かんだか》い声が聞こえ、三名のホステスが席にやってきた。ブリーチした髪《かみ》を頭上高く「盛った」独特なヘアスタイル、これでもかとマスカラを塗《ぬ》りたくったキャバ嬢《じょう》たちが、向かい合うようにして腰を下ろす。

「初めまして、亜樹菜《あきな》です」

「樹理《じゅり》です」

「瑠衣《るい》でーす」

それぞれにカラフルな名刺《めいし》を渡《わた》されたが、正直、誰が誰だかわからない。顔もメイクが濃《こ》すぎて、区別がつかなかった。仮に元の造りがよかったとしても、ここまで作り込んでしまったら、同じ印象しか持てない。

「こっちの外国の方、すっごいハンサム！　ハリウッドスターみたい！」

案の定、ラシードの美貌《びぼう》に彼女たちが食いつく。

「ほんと！　めちゃめちゃ格好いい！」

「金髪《きんぱつ》、本物⁉　えー、どこから来たの？　英語わかるのかな？」

三人のうちのふたりが、片言ながらも英語が話せたので、桂一が通訳しないまでもなんとか会話が成り立ち、ほっとする。酒の席での戯《ざ》れ言《ごと》の通訳など勘弁《かんべん》願いたかった。

桂一とサクルが酒も呑まずにむっつり黙り込んでいるので、ホステスたちもラシードの接待に専念することに決めたようだ。

『名前なんていうの？』

『ラシード』

正直に答えているのを聞いてひやっとしたが、名前だけで素性《すじょう》がバレることはないだろうと自分に言い聞かせる。

「きゃー、すごーい、ラシード！」

「いい呑みっぷり！」

ラシードが水割りを豪快《ごうかい》に一気呑《の》みし、歓声《かんせい》があがる。夕食時にワインを二本空にしたとは思えない呑みっぷりだ。

（いい加減、呑み過ぎだろう）

桂一はハラハラしたが、余程《よほど》酒に強いのか、ラシードはけろっとしており、酔った素振《そぶ》りを微塵《みじん》も見せない。

『いろんな国に行ったけど、日本の女の子が一番かわいいよ』

『うそー！　本当に？』

『本当だって。小柄《こがら》でスレンダーで俺好みだ』

（よく言う。昨日はヨーロッパ系の美人とよろしくやったくせに）

心のうちでひっそりと突《つ》っ込みつつ、桂一はちびちびと水の入ったグラスを傾《かん》けた。サクルは水も呑まずに、彫像《ちょうぞう》よろしくソファに鎮座《ちんざ》ましましている。

「楽しそうですね。お邪魔《じゃま》しまーす」

「盛り上がってて楽しそうって思って来ちゃいました」

そのうちに新しいホステスがふたり席に着き、合計で五人になった。この店のホステスの半数がこの席に集中している。明らかにサービス過剰《かじょう》だ。

ルックスがいいだけでなく、ラシードは快活で、何より女の扱《あつか》いに長《た》けている。身につけているものや、場慣れしたスマートな雰囲気《ふんいき》からセレブの香《かお》りを嗅《か》ぎ取ったのか、ホステスたちのラシードを見る目が、いつしか熱っぽくなってきた。

「ねぇ、ラシードのしてる時計って、フランク・ミュラーじゃない？　しかもオールブラック仕様のトゥールビヨン！」

「うっそぉ、トゥールビヨンって、たしか数千万するんだよね？　私本物初めて見た！」

「ラシードって何者？　実はハリウッドセレブだったりして」

「うーん、スクリーンで観《み》たことはないけど……」

ただでさえ外国人で美形というだけでも目立つのに、ホステスたちがラシードの一挙手一投足に反応してきゃーきゃー騒《さわ》ぐので、周囲の客も何事かと、こちらにちらちらと視線を投げかけてくる。

（目立ち過ぎだ）

もちろん、客の中にラシードの素性に気がつく者がいる確率は極《きわ》めて低いが、無用な注目はできれば集めたくない。桂一がひそかに懸念《けねん》を抱《いだ》いていると、

『ね、踊《おど》らない？』

英語ができるひとりのホステスが誘《さそ》いをかけ、ラシードも『ＯＫ』と立ち上がった。

「あ、抜《ぬ》け駆《が》けずるーい！」

「次は私ね！」

羨《うらや》ましそうな声に送られ、一段と明かりの落ちたダンスフロアに向かったラシードとホステスが、ぴったりと体を寄せて踊り出す。それを機に、「ちょっとトイレに」と断り、桂一も立

ち上がった。

ダンスフロアを迂回《うかい》した桂一は、迷った振《ふ》りをしてカーテンの奥に入り込んだ。『STAFF ONLY』と書かれたドアの前を行き過ぎ、廊下《ろうか》を進んで突き当たりのドアに行き着く。鉄のドアを開けると、隣《とな》りのビルの壁《かべ》と非常階段が見えた。予想していたとおりだ。

（よし）

逃走《とうそう》経路を確保して、今来た道を戻《もど》る。カーテンを捲《めく》ってフロアに戻った桂一は、つと双眸《そうぼう》を細めた。さっきまであったラシードの姿がダンスフロアにない。ボックス席を見たが、そこにもいなかった。──となれば、あとは洗面所しかない。

洗面所に通じる狭《せま》い通路を足早に進んだ桂一は、角を曲がったところでびくっと肩《かた》を揺《ゆ》らした。

「……っ」

視線の先の暗がりに、抱《だ》き合う男女を認めたからだ。体を密着し、腕《うで》を絡《から》め合うようにしてキスをしているふたり。その姿と、昨日ホテルの部屋で見たキスシーンが重なる。

目を凝《こ》らして、男のほうが金髪であることを確認《かくにん》した桂一は嘆息《たんそく》を漏《も》らした。

（……またか）

ラシードが、さっきまでダンスフロアで一緒に踊っていたホステスとキスをしていた。

ちょっと目を離《はな》すとこれだ。

どれだけ手が早いんだと、舌打ちしたい気分になる。

呆《あき》れ半分、腹立ち半分でその場に立ち尽《つ》くしていた桂一は、ほどなく背後に人の気配を感じて、ばっと振り返った。通路に入ってきた若い男と目が合う。茶髪《ちゃぱつ》にピアス、日焼けサロンで焼いたようなブロンズ色の肌《はだ》。黒の細身のデザインスーツを着た、見るからにホスト然とした、目つきの悪い男だ。

ギロッとこちらに眼《ガン》を飛ばしたかと思うと、男は通路の真ん中にいた桂一を「退《ど》けっ」と荒々《あらあら》しく押し退《の》けた。そのままズカズカと大股《おおまた》で、ラシードたちに近づいていく。

(洗面所に行く客か?)

かなり苛立《いらだ》っている気がするが、逼迫《ひっぱく》した尿意《にょうい》のせいかもしれない。

何かあったらすぐに対処できるように身構えつつ、その動向を見守っていると、男はまだキスをしているホステスの肩をいきなりわし摑《づか》んだ。

「亜樹菜！　てめえ、何してんだっ」

怒鳴《どな》りつけ、ラシードから乱暴に女を引き剝《は》がす。

「きゃあっ」

どうやら男はホステスの馴染《なじ》み客《きゃく》で、彼女の姿が見えないので探しに来たらしい。瞬時《しゅんじ》にそう推察した桂一は行動を起こした。

「ケンジ！　やだ、やめてよ！」

「この野郎《やろう》！　人の女とっ!!」

今にもラシードに掴みかからんばかりの男の右腕《みぎうで》を掴み、ぐいっと後ろに引く。邪魔された男がくるっと首を捻《ねじ》り、すさまじい形相で桂一を睨《にら》みつける。

「邪魔すんじゃねぇっ」

「落ち着いてください」

男の殺気にいささかも怯《ひる》まず、桂一は静かな声で宥《なだ》めた。

「邪魔だ、退けっ」

男が桂一の手を振り払《はら》おうとする。が、果たせない。男が訝《いぶか》しげな顔つきになった。見た目から桂一を侮《あなど》っていたので、その意外な力に驚《おどろ》いたといった表情だ。

「店内で騒ぎを起こすと、出入り禁止になりますよ。いいんですか？」

桂一は、男の耳許《みみもと》に諭《さと》すように告げた。

「うるせぇ！　ぶっ殺すぞ！」

男の交戦モードがいっかな収まらないので、掴んでいた右の腕を捻《ひね》る形で背中に回してから、もう片方の手で左肩《ひだりかた》を固定した。これでもう、男は動けない。

「く、くそっ、手ぇ放せよ！」

「あなたが何もしないという確証を得られるまでは、放すことはできません」

そのうちに、トラブルを察したらしいサクルがやってきた。一瞥《いちべつ》で状況《じょうきょう》を把握《はあく》したらしく、すっとラシードに近寄り、庇《かば》うようにその前に立つ。

『ラシード、大丈夫《だいじょうぶ》ですか？』

桂一の問いかけに、ラシードが片手を挙げて無事をアピールする。

見上げるような外国人の大男が加勢したのを見て、旗色が悪いと思ったのか、男がちっと舌を打った。

「……わかったよ。何もしないから……放せよ」

ぶすくれた顔で言う男をしばし眺《なが》め、もはや暴力を振るう気配はないと判断した桂一は、手の力を緩《ゆる》める。拘束《こうそく》から自由になった男が、捻られていた腕をさすったあとで、サクルの後ろに立つラシードを睨みつけた。

「今度亜樹菜に手ぇ出しやがったら容赦《ようしゃ》しねぇからな！」

捨て台詞《ぜりふ》を吐《は》くなり、ホステスの腕を摑み、「来い！」と引っ張る。

「痛い！　ケンジ、痛いってばぁ」

女を荒《あら》っぽく引っ立てて、男は通路から出て行った。ふたりの姿が見えなくなると、ラシードがぽつりとつぶやく。

『あいつは何を言ってたんだ？　あの男があの子の恋人《こいびと》ってことか？』

くるりと振り返り、桂一はラシードを厳しい目つきで見据《みす》えた。

『他人のものはもちろん、そうでなくとも無闇《むやみ》やたらと女性に手を出されるのはいかがなものかと思いますが』

昨日から胸に燻《くすぶ》っていた苦言が口から零《こぼ》れる。するとラシードは肩を竦《すく》めた。

『キスくらい……』

『ここはホステスとは接触《せつしょく》禁止の店です』

『ふぅん……そうなんだ』

『国それぞれに固有の法律があるように、こういった店にもルールがあります。今後はこのようなトラブルの種になるような言動はお慎《つつし》みくださいますようお願い致《いた》します。ご自分の立場を弁《わきま》えて行動してください。何かあってからでは遅《おそ》いのですから』

諫める桂一に、ラシードは形のいい眉《まゆ》をひそめた。額にかかる髪《かみ》を掻《か》き上げ、憮然《ぶぜん》とつぶやく。

『興を削《そ》がれた。もう出よう』


「また来てねー、ラシード！」

「待ってるから！　絶対よ！」

心から残念そうなホステスたちに見送られ、桂一たち一行は『MILKY』を出た。

『ホテルにお戻りになりますか？』

エレベーターの中で、ラシードに尋《たず》ねる。

『そうだな……まだ少し呑《の》み足りない気がする』

桂一は（もう充分《じゅうぶん》だろ！）と叫《さけ》びたい衝動《しょうどう》をぐっと呑み込んで言った。

『お言葉ですが殿下《でんか》、現時点でもかなりお酒を過ごしていらっしゃる気がします。時間も時間ですし、そろそろホテルに戻られておやすみになったほうが』

ラシードが、うるさい小蝿《こばえ》でも見るような目つきで桂一を見た。

『もうちょっと歩きたい』

時間にして深夜零《れい》時を回っている。とても散歩を勧《すす》められる時間帯ではなかった。いくら歌《か》舞《ぶ》伎町《きちょう》が「眠《ねむ》らない街」と言われていても、平日の深夜にそうそう人も歩いていない。

『人通りもだいぶ少なくなって参りましたし……歌舞伎町はまた出直すことにして、ホテルに戻りましょう』

説得を試みたが、ラシードは頑《がん》として譲《ゆず》らなかった。この王子が一度言い出したらきかないのは、すでに嫌《いや》というほど身に染みてわかっている。

仕方がない。少し歩けば気が済むだろう。

『……わかりました。では十分だけ。十分歩いたら車に戻りましょう』

漸《ようや》くラシードがうなずいたので、桂一は胸の中でほっと息を吐いた。

『MILKY』の入っていた雑居ビルを出て、ラシードの横に並んで歩き出し、人気《ひとけ》のない通りに差し掛《か》かる。ラブホテルの裏口が並ぶ、狭《せま》い裏道だ。

なんとなく嫌な予感を覚えた桂一が、『このあたりは何もありません。そろそろ引き返しましょう』と言い出した時だった。背後で人が動く気配を感じ、振《ふ》り返った桂一の視界に、数人の男たちの姿が映り込む。

全員が、判で押したように金髪《きんぱつ》に近い茶髪にブロンズ色の肌、シルバーアクセサリーで飾《かざ》り立てたホスト風の出《い》で立ちの若い男だ。真ん中に、先程《さきほど》「ケンジ」と呼ばれていた男が立っている。

「さっきはよくも人の女に手ぇ出してくれたな」

ケンジが低い声で凄《すご》んだ。

形勢不利と踏《ふ》んでいったんは退いたものの、腹の虫が治まらず、仲間を引き連れて報復に来たと見える。

「日本人、舐《な》めんじゃねぇぞ！　こっちのテリトリーで勝手されて黙《だま》ってらんねぇんだよ！」

仲間がいるせいか、さっきより威勢《いせい》がいい。

(面倒《めんどう》なことになった)

桂一はつと眉根《まゆね》を寄せた。

相手は四名。やくざなどの暴力のプロではないが、それなりに喧嘩《けんか》慣れした雰囲気《ふんいき》を感じさせる。中には手に木刀を持っている男もいた。一様に血気に逸《はや》っており、言葉で説得して場を納められる空気じゃない。

やはり、すぐにラシードを車に戻《もど》らせるべきだったと臍《ほぞ》を噛《か》んだが、今更《いまさら》己の判断の甘さを悔《く》いても遅かった。

『あいつは何を言っている?』

傍《かたわ》らから問いかけられ、ちらりとラシードを見やる。その横顔は、殺気立った男たちの出現に顔色を失うでもなく、少なくとも表面上は至って平然として見える。それだけサクルを信頼《しんらい》しているのか。

『貴方《あなた》は離《はな》れた場所に待避《たいひ》していてください』

ラシードの問いには答えず、桂一は厳しい声で告げた。

『ここは私とサクルで対処します』

本来なら、一名が敵と対峙《たいじ》している隙《すき》に、もう一名がＶＩＰを安全な場所へ移動させるのが警護の基本だが、さすがに相手が四名となると、サクルひとりに任せるのは無理がある。

『右の二名を引き受けるから、残りの二名を任せてもいいか?』

サクルがゆっくりとうなずいた。

数メートル離れた位置に待避させたラシードを背に、桂一とサクルは男たちと向き合った。

サクルは護衛としての訓練を積んでいるはずなので、彼の身の安全については考えず、自分の敵に集中することにする。

自分の相手と定めたふたりを見据え、充分に間合いを取り、じっと待った。自分からは決して近づかないのが鉄則だ。接近しすぎると、相手の起こすアクションに対処が遅《おく》れることがあるためだ。

案の定、痺《しび》れを切らしたケンジが、「うおーっ」と声を出して殴《なぐ》りかかってきた。即座《そくざ》に桂一は顔の前に右腕《みぎうで》を翳《かざ》した。ケンジの拳《こぶし》を構えた腕《うで》で受け、躱《かわ》して、逆に相手の腕をパシッと摑《つか》む。そのままぐいっと引くと、ケンジが前のめりにバランスを崩《くず》した。前屈《まえかが》みになったケンジの顔側面を、手首に近い手のひらの固い部分で思いっきり叩《たた》く。

パンッと大きな音が響《ひび》き、「痛てーっ」と悲鳴があがった。桂一は攻撃《こうげき》を緩めず、膝《ひざ》でケンジの胸を蹴《け》り上げた。

「うっ」

ケンジが息を詰《つ》める。さらにもう一度、今度は下腹部を膝で蹴り上げると、ケンジの体がびくんっと震《ふる》えた。ずるずると前のめりに崩れ落ちる。

ひとりを片づけ、息をつく間もなく、背後からどんっと強い圧迫《あっぱく》を感じた。首に回された腕で、ぎゅっと締《し》めつけられる。桂一は瞬時《しゅんじ》に顎《あご》を下げ、絞め技《わざ》が完全にかかる前に、相手の腕を摑んだ。体重をかけてぐっと下に引っ張る。

相手の絞め技が緩んだ隙に、脇腹《わきばら》に肘《ひじ》を入れた。二度、三度と肘打ちを繰《く》り返して相手にダメージを与《あた》え、最後、渾身《こんしん》の力を込めて肘を上方へ突《つ》き上げ、顎に打撃《だげき》を加える。

「うがっ」

くるっと反転し、仰《の》け反《ぞ》った男の腹部にとどめの蹴りを入れた。軽く数メートルは後ろに吹《ふ》っ飛んだ男が、コンクリートに仰向《あおむ》けに転がり、ぐったりと動かなくなる。

ノルマ達成にほっと体の力を抜《ぬ》いた直後だった。いきなり背中に強い蹴りを受け、前のめりに倒《たお》れる。地面に膝をついたところをさらに後ろから蹴りつけられ反動で眼鏡《めがね》が吹き飛んだ。

(しまった!)

とっさに手を伸《の》ばしたが、思いの外遠くに飛ばされてしまっていて届かない。

仕方なく裸眼《らがん》のままで振り向く。しかし周囲が暗いために、視界がはっきりしなかった。両目を細めてかろうじて、先程倒したはずのケンジが前方に立っているのを認める。その右手で何かがギラッと白く光った。

ナイフ⁉

「死ねぇっ」

叫んだケンジがナイフを手に突っ込んでくる。地面に尻餅《しりもち》をついているせいで、すぐには体勢を立て直すことができなかった。

刺《さ》される!

そう思った瞬間《しゅんかん》、どんっと肩《かた》を押され、体が傾《かし》いだ。横に倒れた桂一の傍らを、黒い何かが

疾風《しっぷう》のごとく駆《か》け抜けていく。黄金の髪《かみ》が煌《きら》めくのを目の端《はし》で捉《とら》えた。

ラシード!?

止める間もなかった。怯《ひる》むことなく、まっすぐケンジの前に飛び出したラシードが、繰り出されるナイフの切っ先を鮮《あざ》やかに躱し、その腕を摑んだ。摑んだ腕をぐいっと引きつけ、バランスを崩したケンジの腹部に膝蹴《ひざげ》りを入れる。

「ぐぇっ」

前のめりになったケンジの首筋に、すかさず手刀を打ち込んだ。

「………っ」

ケンジが声もなく、ぐずぐずとその場に蹲《うずくま》る。

気を失ったケンジの手から零《こぼ》れたナイフを、ラシードが長い脚《あし》で蹴り上げ、道の端へと遠ざけた。

懐《ふところ》に飛び込んでから相手の意識を奪《うば》うまで、わずか十秒にも満たない早業《はやわざ》。

(強い……!)

ラシードは英国の士官学校を出ている。ひととおりのセルフディフェンス術は心得ているのかもしれないが、仮にそうだとしても、もともとの身体能力が高いのだろう。

軟弱《なんじゃく》な遊び人だとばかり思っていたラシードの、思いがけない強さに圧倒《あっとう》されていると、すらりとした長身が振り返る。

目と目が合ったような気がしたが、視界がぼやけていて、いまいち定《さだ》かではなかった。

『あんた……大丈夫《だいじょうぶ》かよ』

上空から問われ、みっともなく地面に座り込んだままの自分に気がついた桂一は、あわてて立ち上がった。

ラシードがゆっくりと近づいてきて、桂一の前で足を止める。

『…………』

まっすぐ突き刺さるような視線を感じた。

(見られている?)

焦点《しょうてん》の定まらない双眸《そうぼう》を細めた刹那《せつな》、ラシードがすっと動く。桂一の脇《わき》をすり抜け、しばらく行ったところで身を折った。何かを拾い上げて戻ってきたラシードが、手に持っていたものを黙って差し出してくる。桂一の眼鏡だった。

『ありがとうございます』

差し出された眼鏡を受け取ってかける。幸いにもレンズに損傷はなかった。

漸くはっきりとした視界で、もう一度ラシードを捉える。

夜目にも艶《つや》やかな貌《かお》は、息ひとつ乱しておらず、たった今、ひとりの男を倒したばかりとは思えなかった。

『助けてくださってありがとうございました』

改めて礼を言い、頭を下げたところで、受け持ちの二名を倒したサクルが駆け寄ってきた。

『ラシード様、お怪我《けが》は？』

ラシードがナイフの前に飛び出したのを見ていたんだろう。真っ先に尋《たず》ねる。

『大丈夫だ』

その返答に安堵《あんど》の表情を浮《う》かべたサクルが、次に桂一を咎《とが》めるような眼差《まなざ》しで見る。その非難ももっともで、桂一は諾々《だくだく》と項垂《うなだ》れるしかなかった。

護《まも》るべきVIPに逆に助けられるなど、前代未聞。SPとしてあるまじき失態だ。

もしラシードが刺されていたら？

想像しただけで、冷たい汗《あせ》がじわっと全身の毛穴から滲《にじ》み出る。

『私の複合的な判断ミスです。本当に……申し訳ございません』

唇《くちびる》を噛み締《し》め、深々と頭を垂れる桂一に、ラシードが鷹揚《おうよう》な声を出した。

『誰《だれ》も怪我をしなかったんだから、そんなに深刻になることないだろ』

『しかし……』

『なかなか刺激《しげき》的で楽しかったしな。このところクサクサしていたから、いい気晴らしになった』

朗《ほが》らかにそう言って、ラシードがにっと唇の端を持ち上げる。その顔はたしかに言葉どおりに、今まで見た中で一番晴れやかだった。

4

ラシードはああ言ったが、「いい気晴らしになったから」で済む問題ではない。

伊達に連絡《れんらく》を入れて事情を説明し、意識を失ったホストたちを所轄《しょかつ》の警察に引き取ってもらう手配を済ませたあと、桂一はラシードとサクルの三人で、駐車場《ちゅうしゃじょう》で待機していたリムジンに乗り込んだ。

ホテルへ戻《もど》るリムジンの中で、桂一は己《おのれ》の判断ミスを責めると同時に、今までの自分が甘かったことを猛省《もうせい》した。

ラシードのわがままを、なんだかんだとずるずると許していたことが、今回のトラブルに繋《つな》がっている。そもそも、夜の歌舞伎町《かぶきちょう》に行きたいと言い出した時点で、体を張って止めるべきだったのだ。あそこで許してしまったばかりに、キャバクラへ行くことになり、結果的にホストとの揉《も》め事《ごと》を引き起こしてしまった。

自分さえラシードに対して厳しく対処していれば、未然に防げたトラブルだった。

起きてしまったことはもはや仕方がないが……とにかく、これを反省材料として今後に活《い》かすしかない。

（もう二度と甘い顔はしない）

どんなにラシードが苛立《いらだ》っても、憤《いきどお》っても、駄目《だめ》なものは駄目と、断固として闘《たたか》う。

今後は、自分が少しでも危険を感じた場合は、こちらの言うことをきいてもらう。王族だからといって、すべて思いどおりになると思ったら大間違《おおまちが》いだ。日本にいる以上は、こちらのルールにある程度は従ってもらわなければ。

心に決めた桂一は、ホテルの部屋に戻るなり、『お話があります』とラシードに切り出した。

ソファに悠然《ゆうぜん》と座る王子の前に立ち、硬《かた》い面《おも》持ちで口を開く。

『今夜の件につきましては、私の落ち度のせいで、殿下《でんか》を危険な事態に巻き込んでしまい、誠に申し訳ございませんでした』

ラシードが、ややうんざりとした表情をした。顔の横でひらひらと手を振《ふ》る。

『その話はもういいいってさっき言っただろ』

『いいえ、そうはいきません。本日は幸運にも怪我人は出ませんでしたが、今後もしこのような事態に陥《おちい》った場合、次も無傷で済む保証はどこにもありません。日本は世界でもまれに見る安全な国ではありますが、それでも、今夜のようなトラブルに巻き込まれる危険性がまったくないとも言い切れないことを、殿下にもおわかりいただけたかと思います』

そこまで言って、桂一は居住まいを正した。

『そこでお願いでございます。殿下、明日より夜十時以降の外出はお控《ひか》えください』

ラシードがくっきりと形のいい眉《まゆ》をひそめ、『なんだって？』と聞き返す。桂一はもう一度繰《く》り返した。

『深夜、お出かけになりますのはお控えください』

眼下の美貌《びぼう》がみるみる険しくなる。

『なんであんたにそんな命令されなきゃいけないんだよ』

『命令ではありません。お願いです』

『同じことだろ』

苛立たしげに放ち、ラシードがぷいっと横を向いた。

『俺は誰の指図も受けない』

だが、これくらいの反発は織り込み済みだ。もとより、わがまま王子が素直《すなお》に聞き入れるはずもない。

頑是《がんぜ》ない子供のようなラシードを、桂一は根気強く説得にかかる。

『殿下の行動によってたくさんの人間が影響《えいきょう》を受けます。殿下はおひとりの体ではないのです。殿下の双肩《そうけん》にはマラーク王国の未来がかかっております。万が一のこともあってはなりません。リスクは極力軽減すべきです』

『そんなこと部外者のあんたに言われなくたってわかってるよ』

『おわかりでしたら、深夜のお出かけはお慎《つつし》みください』

『嫌《いや》だ』

『ではせめて、私の判断で安全と思われる場所へのみ、お出かけください。東京には、安全な遊技スポットもたくさんございます。観劇などをご所望でしたらチケットの手配も致《いた》しますので、どうか』

『嫌だ』

『殿下』

こちらを向いたラシードが、桂一を碧《あお》い瞳《ひとみ》で睨《にら》みつけた。紺碧《こんぺき》の双眸の奥に、青白い炎《ほのお》が揺《ゆ》らめいているのを認めて、桂一は息を呑《の》んだ。普段《ふだん》はその軽い言動からつい失念してしまいがちだが、この若者には国を統《す》べる支配者の血が流れているのだということを、改めて思い出す。

烈《はげ》しい眼差しで桂一を睨《ね》めつけたまま、ラシードが低く宣言した。

『俺は俺の好きなように行動する。行きたい時に行きたいところへ行く。俺の自由は誰にも阻《はば》ませない』

「…………」

一瞬《いっしゅん》、迫力《はくりょく》に呑まれそうになり、桂一はふるっと首を振った。ここで負けては今夜の二の舞《まい》だ。ぐっと腹に力を入れ、ラシードを見据《みす》える。

『殿下、お願いでございます。お聞きわけください。ルールあってこその自由です』

『二言目にはルールルールルールってうるさいんだよ！　結局はあんた、自分がリスクを負いたくないんだろ！』

吐《は》き捨てるように投げつけられた台詞《せりふ》に、桂一はむっとした。自分の保身のみを思うのならば、そもそもラシードの怒りを買うのを承知でこんな進言などしない。

『それは誤解です。私は殿下の安全を思って…』

みなまで聞かず、ラシードが苛立った様子でソファから立ち上がった。ソファの背後に立っていたサクルに向かって『行くぞ』と告げる。

そのまま歩き出すラシードに、桂一はぎょっとした。

『どちらへ行かれるのですか？』

『出かける』

（出かける⁉）

耳を疑う。

こんな時間から⁉　あんな目に遭《あ》ったばかりなのに⁉

信じられない気分で立ち尽《つ》くしている間に、ラシードはすたすたと戸口へ向かっていってしまう。ドアまであと数歩という時点で桂一は身じろぎ、『お待ちください、殿下！』と声を張り上げた。

小走りに主室を横断し、ラシードとドアの間に体を滑《すべ》り込ませる。ドアに背を向けて立ち塞《ふさ》がった桂一に、ラシードが顔をしかめた。苛立った声で命じる。

『退《ど》けよ』

『退きません』

『いいから退け！』

肩《かた》を鷲《わし》づかみにされても、桂一はドアに張りつき、動かなかった。

『殿下、お願いですからお考え直しください。どうか……っ』

『うるさい！』

乱暴に体を払《はら》いのけられ、側面の壁《かべ》に背中を強くぶつける。

「……っ……っ」

歌舞伎町での乱闘《らんとう》の際に蹴《け》られた場所をふたたび打ち、一瞬息が止まった。痛みに顔を歪《ゆが》めつつ、桂一はラシードを上目遣《うわめづか》いに睨み上げた。

『……なんだその目は？』

ラシードがじわりと双眸《そうぼう》を細める。

『文句があるのか？』

SPごときが――とでも言いたげな、見下すような冷ややかな視線に晒《さら》されて、カーッと頭の芯《しん》が熱くなった。胸の奥から熱いものが込み上げてきて喉《のど》が震《ふる》える。桂一は両手の拳《こぶし》をぎゅっと固く握《にぎ》った。

駄目だ、堪《こら》えろと、頭の片隅《かたすみ》で警鐘《けいしょう》が鳴っているのを意識したが。

『あんたはもう今夜は用無しだ。帰れ』

『……っ』

冷たく命じたラシードがドアノブに手をかけた刹那《せつな》、こめかみのあたりで何かがぷつっと切れる音が聞こえる。気がつくと桂一は目の前の男を怒鳴《どな》りつけていた。

『いい加減にしてください！』

この二日で鬱憤《うっぷん》を溜《た》め込んでいた分、一度堰《せき》を切ってしまうと、走り出した激情は止まらなかった。

『どれだけ甘やかされてきたのか知りませんが、なんでもかんでも思いどおりになると思ったら大間違いです！　いいですか？　貴方《あなた》がそれだけわがまま放題できるのも、貴方が一国の王子だからだ。その贅沢《ぜいたく》な生活と引き替《か》えに、貴方には背負わなければならないものがあるんです。貴方の命はあなたのものであって、貴方だけのものじゃない。その自覚がないなら、偉《えら》そうに王子を名乗る資格なんてない！』

一気にそこまで言い切って、はぁはぁと胸を喘《あえ》がせる。

視線の先のラシードが、面食《めんく》らったような表情で固まっていた。その横でいつもほとんど感情を表に出さないサクルが両目を見開いているのを見て、自分のしでかしてしまったことの重大さに気がつく。

『あ……』

（しまった。つい……）

王族に対して無礼な口をきいてしまった。それも、気位の高さでは他の追随《ついずい》を許さないアラブの王族に。

世が世なら、打ち首に値《あたい》する不敬に、さーっと血の気が引く。

もし今の自分の発言によって、日本とマラーク王国の関係にヒビが入りでもしたら……国家的な損失だ。自分の処分どころの騒《さわ》ぎじゃない。

青ざめた桂一は、引きつった唇《くちびる》で謝罪の弁を紡《つむ》いだ。

『で、出過ぎた物言いを致しまして、申し訳ございませんでした』

ラシードは何も言わない。瞠目《どうもく》し、虚《きょ》を衝《つ》かれたような表情で立ち尽くしている。

つーっと脇腹《わきばら》を冷たい汗《あせ》が滑り落ちた。

『本当に……申し訳ございません』

やはりリアクションはなし。

どうする？　どうすれば許してもらえる？　土下座？　足許《あしもと》にすがりついて謝罪？

混乱した頭を懸命《けんめい》に巡《めぐ》らせていると、突如《とつじょ》ラシードがくっと唇を歪めた。やがて、くくくっと声を出して笑い出す。

思いがけないラシードの反応に戸惑《とまど》い、桂一は両目を瞬《しばたた》かせた。

（笑っ……てる？）

しかも、心底愉快《ゆかい》そうに。

完全に意表を突《つ》かれ、不思議なものを見るような目で、その様子をぼーっと眺《なが》めているうちに、喉を反らして笑い声を立てていたラシードがぴたりと笑いやむ。紺碧の双眸で桂一をまっすぐ見据え、どこか楽しそうに言った。

『俺に向かって怒鳴りつけたのはあんたが初めてだ』

ふたたびどっと嫌な汗が噴《ふ》き出る。

『申し訳ございません。本当にどのようにお詫《わ》びをすればいいのか……』

三度《みたび》、謝罪の言葉を継《つ》ぎながら、桂一は項垂《うなだ》れた。

『ここまで遠慮《えんりょ》なく説教されたのも初めてだ。サクルをはじめ、周りのやつらは俺が何をしようが見て見ぬふりだからな』

それが普通《ふつう》だ。主人の興を損《そこ》ねるとわかっていて意見をする馬鹿《ばか》はいない。それが大人の対応というものだ。それに対し、キレて暴言を吐いてしまった自分のなんと大人げないことか。

改めて己《おのれ》の未熟さに顎骨《がっこつ》を食いしめていると、不意にラシードが『わかった』と告げた。

『夜遊びは自重しよう』

（えっ？）

顔を振《ふ》り上げ、ラシードの顔をまじまじと見る。

『今……なんと？』

『だから、あんたの言うとおりにするよ』

桂一は信じられない気分で確認《かくにん》した。

『つまり……深夜の外出を控《ひか》えていただけるということですか？』

『ああ』

『本当に？』

疑《うたぐ》り深いやつだな、とラシードが苦笑《くしょう》する。その顔を見てやっと実感が湧《わ》いてきた。

（……よかった）

一時は国家問題にまで発展するかと危惧《きぐ》しただけに安堵《あんど》は大きく、張《は》り詰《つ》めていた全身の緊《きん》張《ちょう》が解けかけた――時だった。

『その代わり、ひとつ条件がある』

交換《こうかん》条件を持ち出され、ぴくっと肩を揺《ゆ》らす。嫌《いや》な予感を覚えた桂一は、怖々《こわごわ》と伺《うかが》いを立てた。

『条件とはなんでしょうか？』

『俺ばかりが不自由を強《し》いられるのは不公平だ。あんたにも同等のペナルティを負ってもらう』

ラシードが、おもしろい悪戯《いたずら》を思いついた悪戯っ子みたいな表情で告げる。

『ペナルティ……ですか？』

『あんたのすべての時間を俺に明け渡《わた》す。二十四時間俺の側《そば》について、俺に尽《つ》くすことができるか？』

碧《あお》い瞳《ひとみ》が、挑《いど》むように桂一を射貫《いぬ》いた。

すべての自分の時間を明け渡し、二十四時間ラシードの側に？

条件を突きつけられた桂一はしばし思案した。

予想外の条件付けではあったが、逆を言えば、二十四時間態勢でラシードを見張れるということだ。この奔放《ほんぽう》で気まぐれな王子を警護するには、それくらい密着してちょうどいいのかもしれない。

どのみちそう長い期間ではないし、寮《りょう》に戻《もど》ったところで眠《ねむ》るだけだ。それならば、ここに寝《ね》泊《と》まりしても大して状況《じょうきょう》は変わらない。

一考の末にそう判断した桂一は、『わかりました』と応じた。

『本日は、着替《きが》えなどの準備もありますのでいったん引き取りますが、明日からは二十四時間態勢で殿下《でんか》を警護させていただきます』

ラシードが満足そうに『よし』とつぶやく。

『これであんたと俺はイーブンだ』

何がイーブンなのか、もともと立場が違《ちが》うのに……と思ったが、それでラシードが納得《なっとく》するのならばそれでいい。何よりも大事なのは、夜遊びを自重してもらうことだ。

ちらっとサクルを見やったが、もうすでにいつもの無表情に立ち返っており、この展開をどう受け止めているのかはわからなかった。

『明日から空いているほうの寝室《しんしつ》を使え』

戸口から離《はな》れ、主室の中程《なかほど》まで戻ったラシードが、閉じられたドアを顎《あご》で指す。

『いえ、そんな……エキストラベッドで結構ですので』

恐縮《きょうしゅく》して辞退したが、ラシードに『どうせ空いているんだ。遠慮なく使えよ』と言われてしまった。

これ以上固辞すると、せっかく良くなった機嫌《きげん》を損ねそうだと思い、桂一はうなずく。

『では……ありがたく使わせていただきます』

そうと決まれば、できるだけ早く引き上げて荷造りをしたい。寮に戻る前に警護課に寄り、今夜の歌舞伎町《かぶきちょう》の乱闘《らんとう》事件に関しての報告も上げなければならなかった。

『殿下、本日はこのままおやすみになりますか？』

『ああ、そうだな。少し呑《の》み直して寝《ね》る』

『それでは、私はこれで失礼させていただきます』

暇《いとま》を告げた時、桂一の腰《こし》の携帯《けいたい》が震《ふる》え出す。出ろよ、というふうに、ラシードが顎をしゃくった。

ラシードに軽く一礼して、『失礼します』と断り、桂一は腰のホルダーから携帯を取り出す。体の向きを変え、フリップを開くと、ディスプレイに【伊達】とあった。上司の名前を確認して、ピッと通話ボタンを押す。

「はい、東堂です」

『東堂か？　今、どこだ？』

「ホテルの部屋です。歌舞伎町の件ではお手数をおかけしました。その後、どうなっていますか？」

『あいつらは銃刀法違反容疑《じゅうとうほういはん》でしょっぴいた。今は新宿署で取り調べを受けているよ。その件に関してはこっちで処理するからおまえは気にしなくていい。それよりも……実はな、さっき外務省から連絡《れんらく》が入って、明日アシュラフ殿下が来日するらしい』

「アシュラフ殿下が？」

思わず、横目でラシードを窺《うかが》う。ラシードはちょうど寝室へ引き上げるところだった。

兄の来日をすでに知っているのだろうか。

その後ろ姿を視線で追いながら、「急ですね」とつぶやく。

『ああ、明後日《あさって》には三男のリドワーン殿下も来日予定で、外務省も泡《あわ》を食っていたよ。ふたり共に目的は父親の見舞《みま》いだが、アシュラフ殿下は王位継承《けいしょう》権を放棄《ほうき》してるし、完全なる私人としての来日になるようだ。彼も警護は要《い》らないと言っているそうだが、ホストのこちらとしては向こうの主張を鵜呑《うの》みにもできない。うちからは菅沼《すがぬま》を出すことになった。一応おまえにも知らせておこうと思ってな』

「何時頃《ごろ》こちらにお着きになるのでしょうか」

『朝早くにプライベートジェットで羽田《はねだ》に到着《とうちゃく》予定らしい。アシュラフ殿下も、ラシード殿下と同じホテルに宿泊《しゅくはく》するそうだから、午後には顔を合わせることになるだろう』

「了解《りょうかい》しました。私は今から警護課に戻ります」

『わかった』

通話ボタンを切って振り返ったが、ラシードの姿はもう主室にはなかった。


翌朝八時半に、カーサの八〇三号室をノックすると、いつものようにサクルがドアを開けた。

ラシードが桂一に与《あた》えてくれたゲスト用の寝室に入り、キャリーケースから着替え用のスーツ一式を取り出し、ウォークインクロゼットにセットする。その他、細かい小物類を抽斗《ひきだし》に仕舞《しま》い、生活用品をバスルームに配置した。最後にノートパソコンをベッドのサイドテーブルに置いて、セッティングは完了《かんりょう》。

腕《うで》時計を見れば九時十分前。そろそろラシードが起きてくる時間だ。

主室に戻り、しばらく待っていると、主寝室《しゅしんしつ》のドアが開き、ローブ姿のラシードが現れる。

ラシードが姿を現した瞬間《しゅんかん》、部屋がひときわ明るくなったような錯覚《さっかく》を覚え、桂一は改めてその身が発するオーラに感嘆《かんたん》した。窓から差し込む陽光に反射して煌《きら》めく黄金の髪《かみ》。ややはだけ気味のローブの胸元《むなもと》から覗《のぞ》く、瑞々《みずみず》しく張り詰めた胡桃色《くるみいろ》の肌《はだ》。エキゾティックで華《けな》やかな美貌《びぼう》。すらりと長い手足。

強烈《きょうれつ》な存在感に覚えず視線が引きつけられ——見惚《みと》れてしまっていた自分に気がつき、桂一はふっと息を吐《は》いた。

(馬鹿《ばか》……朝から何を惚《ほう》けている)

自分を叱咤《しった》して気持ちを引き締《し》め、『おはようございます、殿下』と挨拶《あいさつ》した。

『おはよう』

まだ少し眠そうな声で挨拶を返したラシードが、続けて『着替え、持ってきたか？』と尋《たず》ねてくる。ちゃんと昨日の約束を覚えていたことに内心で驚《おどろ》きつつ、桂一は『はい』と答えた。

何せ昨日の朝は、自分の存在すら忘れていたようだったので(顔を合わせて早々『何しに来たんだ？』と訊《き》かれたのだ)今回も一夜明けたら記憶《きおく》がリセットされて、昨夜のやりとりを忘れてしまっているのではないかと疑っていた。「夜遊び自重」に関しても、そんな約束はしていないと言われることを、半ば覚悟《かくご》していたのだ。

『早速《さっそく》、あちらのお部屋を使わせていただいております』

ラシードが鷹揚《おうよう》にうなずき、『じゃあ、一緒《いっしょ》に朝食を食べよう』と言った。

『えっ』

朝食の席に誘《さそ》われるなど考えもしなかったので、思わず声が出る。桂一は動揺《どうよう》のままに、首を横に振《ふ》った。

『ありがとうございます……でも、私は済ませてきましたので』

『なんだ。もう食べてきたのか。ここの朝食はすごく美味《うま》いのに』

不服そうな表情を浮《う》かべたラシードが、『ま、明日もあるしな』と肩《かた》を竦《すく》める。

『明日は俺が起きるまで食べずに待っていろよ』

『は……はい』

よし、と満足げに目を細めたラシードが、背後に控《ひか》えていたサクルに『シャワーを浴びる』と言った。

パウダールームへ消えるラシードを見送りながら、桂一は意外な思いを噛《か》み締める。なんだろう？　ラシードの自分に対する態度が微妙《びみょう》に変わったような？

つい昨日までは「一応目には入ってはいるが意識の外」という扱《あつか》いで、「ついてきたいなら勝手についてこい」といった態度だった。それが、二十四時間側《そば》に仕えるようにと部屋を与えられ、朝食の席に誘われたということは、少なくとも「人間扱い」にランクアップしたと考えていいのだろうか。

振り返るに、昨夜自分がラシードを怒鳴《どな》りつけて以降、態度が変わった気がするが……。

もし、あれによってラシードの自分に対する扱いが変化したのだとしたら、人生何が幸いするかわからない。あの時は、辞職もやむなしと本気で覚悟したくらいだったのに。

ともあれＶＩＰの機嫌がいいのはありがたかった。なんといっても仕事がしやすい。

（それに……）

仕事上の関係とはいえラシードに自分の存在を気にかけてもらえるのは、やはり人並みに嬉《うれ》しかった。


シャワーを浴びて身支度《みじたく》を済ませたラシードに確認《かくにん》したところ、アシュラフの来日については事前に知らされており、承知しているとのことだった。

『一昨日《おとどい》メールが来ていた』

資料にアシュラフとは母親が違うとあったので、兄弟関係はどうなのだろうと思っていたのだが、連絡を取り合っているというからには、兄弟仲は悪くないのかもしれない。

一夫多妻制が当たり前の世界で生きているアラブ王族の子弟《してい》たちの、異母兄弟に対する感情の機微《きび》は、桂一のような平凡《へいぼん》な日本人にははかりかねるところだ。

『アッシュは昼頃ここに着くらしいな』

『アシュラフ殿下《でんか》も、こちらのホテルにご宿泊とお聞きしていますが』

『ああ、もともとはアッシュがここのオーナーのエドゥアール・ロッセリーニと昔から仲が良くて、俺はアッシュからカーサを紹介《しょうかい》されたんだ』

『そうだったんですか』

どうやら兄弟仲は良好のようだ。ラシードが兄を『アッシュ』と愛称《あいしょう》で呼ぶ親しげな口調から、そう推察する。

兄の到着を待ってか、朝食のあとラシードは出かけずに、午前中をライティングデスクでパソコンに向かって過ごした。ちらりと背後から覗くと、インターネットの英語のサイトをチェックしたり、やはり英語で書きものをしたりしているようだ。軽《かろ》やかなタッチタイピングの音を耳に、そういえばラシードがＵＣＬＡの学生であることを思い出す。レポートか何かだろうか。

(いつもこうだったら、警護がしやすいんだが)

一時間以上席を立たず、パソコンに集中している姿を後ろから見守りながら、胸の中でひとりごちた。

昼食もカーサの中のレストランで摂《と》る。

レストランから戻《もど》ってくると、今度はラシードはソファで本を読み出した。背の厚いハードカバーの本だ。小説か専門書かはわからなかったが、とても真剣《しんけん》な顔つきで読んでいる。そうやって読書に勤《いそ》しむ姿は、普段《ふだん》のちゃらちゃらした遊び人とは別人のようだ。

ナンパした女性を「お持ち帰り」して一夜の享楽《きょうらく》を楽しんだかと思えば、乱闘《らんどう》において鮮《あざ》やかな立ち回りで敵を倒《たお》し、今はまた勉強熱心な学生の佇《たたず》まいを見せる。

どれが本当のラシードなのか。

万華鏡《まんげきょう》さながらにくるくるといろいろな「顔」を見せる王子の本質を掴《つか》み切れず、少し離《はな》れた位置から興味深げに読書するラシードを眺《なが》めていると、コンコンとドアがノックされた。

『私が出ます』

そう名乗り出て、桂一は戸口へ向かった。ドアスコープを覗き、成宮の顔を確かめてからドアを開ける。

『失礼致《いた》します』

総支配人の成宮が一礼した。その背後にはダークスーツを着た背の高い男性と、桂一の同僚《どうりょう》SPである菅沼が立っている。

『アシュラフ殿下が到着なさいましたので、ラシード殿下のお部屋にご案内申し上げました』

そう告げた成宮が後ろに下がり、入れ替《か》わりに長身の男性が一歩前へ進み出てきた。桂一も身を引きつつ、少し離れた位置から、室内に入ってきたスーツ姿の男性を観察する。

なめし革《がわ》のような浅黒い肌に漆黒《しっこく》の髪。精悍《せいかん》と言い切ってしまうには、わずかに甘みが漂《ただよ》う造作の大きな貌《かお》。太い眉《まゆ》の下で黒い瞳《ひとみ》が生き生きと輝《かがや》き、厚めの唇《くちびる》には不敵な笑《え》みが刻まれている。

ラシードとは異なり、西洋的な煌びやかさはないが、その分野性味に勝《まさ》り、より男性的な色気がある。身長はラシードとほぼ同じくらいだが、体ががっしりとしていて厚みがあるので、それ以上に大きく見えた。

(この人が……アシュラフ殿下)

十八歳で王位継承《けいしょう》権を放棄《ほうき》し、渡米《とべい》。米国で経営学を学んだのちに、自ら会社を起こす。現在は、石油会社や不動産事業を主軸《しゅじく》に、メディア、通信、ITなど、幅広《はばひろ》く世界の一流企業《きぎょう》に出資する投資家。

一国の王子にとどまらない、世界的なビジネスマンとしての輝かしい略歴をざっと頭の中で復唱していると、ラシードが大股《おおまた》で歩み寄ってきて兄に抱《だ》きつく。

『アッシュ!』

『ひさしぶりだな、ラシード』

アシュラフも両手を広げ、弟を抱き留めた。

お互《たが》いの背中をぽんぽんと叩《たた》き合い、しばし再会の喜びに浸《ひた》ったあとで、アシュラフが身を離し、ラシードの顔を見る。

『夏にベガスで落ち合って以来だから、八ヶ月ぶりか。元気そうだな』

『まぁまぁかな。アッシュは?』

『俺は相変わらず根無し草だ。あちこちをふらふらしているよ。大学はどうだ? もうすぐ卒業だろう』

『あとは卒業論文を提出するだけってとこ』

兄弟が近況《きんきょう》を報告し合っている間に、桂一は、アシュラフの警護を担当する年上の同僚・菅沼に「お疲《つか》れ様《さま》です」と挨拶《あいさつ》した。桂一と同じ機動係所属だが、英語ができるので、今回の任務に抜擢《ばってき》されたようだ。

「そっちはどうだ？」

「今日は朝からホテルの中にいましたので特に問題はありません。アシュラフ殿下のお部屋は何号室ですか？」

その問いかけには、菅沼の隣《とな》りに立つ成宮が答えた。

「お隣りの八〇四号室になります。こちらよりは狭《せま》いお部屋になりますが、アシュラフ殿下にご了承《りょうしょう》をいただきまして」

「そうですか。お部屋にはこれから？」

「はい、これからになります。まずはラシード殿下に到着《とうちゃく》の挨拶がしたいとのご希望でしたので、先にご案内申し上げました」

戸口の近くでひそひそと会話を交《か》わしていると、不意にアシュラフの声が響《ひび》いた。

『まだ一度も病院を見舞《みま》っていないのか⁉』

大声に振り返り、ソファと肘掛《ひじか》け椅子《いす》に腰《こし》を下ろした兄弟が、向かい合って話し込む姿を認める。つい先程《さきほど》までの和《なご》やかな空気が、いつの間にか変わっていることを察した桂一は、戸口を離れて、そっと兄弟に近づいた。コンソールの側面にひっそりと立ち、耳《みみ》を欹《そばだ》てる。

『今まで何をしていたんだ？』

責めるようなアシュラフの口調に、ラシードがふて腐《くさ》れた様子でぼそぼそと答えた。

『……何って……いろいろ』

『一体なんのために一番乗りしたんだ』

桂一も理由を知りたかったもっともな問いかけには、ラシードはむっと唇を引き結んで答えない。くっきりと男らしい眉根《まゆね》を寄せたアシュラフも、弟を憮然《ぶぜん》と見据《みす》えている。

しばらく気まずい沈黙《ちんもく》が続いたのちに、兄のほうが根負けしたようにふぅとため息を吐《は》いた。

『とにかく、俺は準備が出来次第《しだい》に病院へ向かうから、おまえも同行しろ』

『…………』

『ラシード、わかったな？』

厳しい声音《こわね》で返答を促《うなが》され、ラシードが渋々《しぶしぶ》といった顔つきで首を縦に振《ふ》る。

ラシードが同行を承諾《しょうだく》したのを見て、桂一はひそかに胸《むね》を撫《な》で下《お》ろした。

(よかった。これでやっと国王の見舞いが実現する)

なんと言っても、それこそが今回の来日目的なのだから、果たしてもらわなければ、桂一もなんのためにラシードを警護しているのかわからない。

やや強引《ごういん》にでも弟を説得してくれたアシュラフに心の中で感謝していると、そのアシュラフが肘掛け椅子から立ち上がった。

『あとで迎《むか》えに来るからな。逃《に》げるなよ』

そんなふうに釘《くぎ》を刺《さ》し、踵《きびす》を返す。振り向《む》き様《ざま》、アシュラフの視線が桂一を捉えた。

（あ………）

正面から見れば、その男性的な美貌《びぼう》はいっそう迫力《はくりょく》がある。わずかに肩《かた》を揺《ゆ》らす桂一を数秒、漆黒の闇《やみ》のように黒い瞳でじっと見つめてから、アシュラフがラシードを振り返った。

『彼は？』

問われたラシードが、『日本の警察が寄越《よこ》した護衛だ』と答える。

『ＳＰ？』

『はい、東堂と申します。ラシード殿下の警護を担当させていただいております』

一礼して頭を上げた桂一は、目の前に差し出された右手に意表を突《つ》かれた。視線を振り上げて、微笑《ほほえ》むアシュラフと目が合う。

『わがままな弟ですがよろしく頼《たの》みます』

『あ……いえ、こちらこそよろしくお願い致します』

躊躇《ためら》いがちに大きな手を握《にぎ》ると、ぎゅっと握り返された。

（王族なのに気さくな人だな）

ビジネスマンとしての一面も持つせいか、気取ったところがなくて、大らかで自然体な感じ。包容力のある「大人」という印象を持った。子供がそのまま成人したようなラシードと、片方だけとはいえ同じ血が流れているとは思えない。

こっそりそんな感想を抱いていたら、まるで桂一の思考を読んだかのように、ソファから尖《とが》った叱責《しっせき》が飛んできた。

『いつまで手を握り合ってんだよ？』

ラシードの声で、手を離すタイミングを逸《いっ》したままの自分に気がつく。

『あっ……す、すみません！』

あわてて手を引いたが、アシュラフは気分を害した様子もなく、『こちらこそ』と笑った。

『あんまり美人なので、つい離しがたくてね』

『……は？』

美人⁉

なぜ今ここでその単語が出てくるのかがわからず、ぽかんとする桂一に、アシュラフが肉感的な唇を横に引く。

『では、後程またお会いしましょう。――ラシード、出かける準備をしておけよ』

最後に弟にそう念を押し、アシュラフはゆったりとした歩みで部屋を出て行った。菅沼と成宮も去り、部屋にはラシードと桂一、そしてサクルの三人になる。

(冗談《じょうだん》……か?)

だよな?

困惑《こんわく》に両目を瞬《しばた》かせていると、ラシードがソファから立ち上がり、近づいてきた。桂一のすぐ側《そば》まで来て、コンソールに片手を置く。間近で見るその顔は、兄に見舞いの同行を押しきられたためか、不機嫌《ふきげん》そうだ。険しい目つきで桂一を見下ろしていたラシードが、不意に身を屈《かが》め、低く耳打ちしてきた。

『アッシュには気をつけろ』

『え?』

とっさに意味が呑《の》み込めずに、訝《いぶか》しげにラシードを見返す。視線の先の紺碧《こんぺき》の双眸《そうぼう》がじわりと細まった。

『アッシュは男が好きなんだ』

『男が好き?』

まだぴんと来ずに鸚鵡《おうむ》返す。いらっとした口調でラシードが言葉を継《つ》いだ。

『ゲイだってこと』

『………っ』

アシュラフがゲイ!?

そういった人種が世の中にいるのはもちろん知っているが……まさかアシュラフが?

『アッシュが王位継承権を放棄したのもそのせいだ。子孫を残せないからな』

（そうだったのか）

それについてはなぜだろうと思っていたけれど。そうか……ゲイだから。

その事実にも充分《じゅうぶん》に驚《おどろ》いたが、そんな重大なことをラシードが自分にあっさり明かしたことにも面食《めんく》らう。

二重の驚愕《きょうがく》にフリーズする桂一を見下ろし、ラシードが苦々しげな声を落とす。

『あんたはアッシュの好みらしい』

自分が……アシュラフの……好み？

衝撃《しょうげき》に追い打ちをかけられ、じわじわと両目を見開いた。すると、ラシードの手がぶいっと伸《の》びてきて、眼鏡《めがね》のフレームに触《ふ》れる。あっと思った時には、眼鏡を掬《すく》い取られていた。突然《とつぜん》視界があやふやになり、自分がひどく無防備になった感覚に囚《とら》われる。常時周囲に視線を配ることが習性になっているからこそ、この状態は落ち着かない。

『何をするんですか』

狼狽《ろうばい》を懸命《けんめい》に抑《おさ》えつけ、桂一はラシードに抗議《こうぎ》した。

『返してください』

取り返そうと伸ばした桂一の手をひょいっと躱《かわ》し、ラシードは眼鏡を摑《つか》んだ右手を後ろに回してしまう。子供っぽい意地悪をされてむかっときた。

『殿下《でんか》、お戯《たわむ》れが過ぎます！』

桂一が手を伸ばすたびに、ラシードが眼鏡を上げたり下げたりして遠ざける——といった攻《こう》防《ぼう》がしばし続いたあとだった。

『この間も驚いたけど……あんたってほんと綺《き》麗《れい》な顔してるよな』

ぽつりとつぶやきが落ちてきて、いつの間にかラシードが自分をじっと見つめていることに気がつき、桂一は眉《まゆ》をひそめた。

『色が抜《ぬ》けるみたいに白くてさ……黒い瞳《ひとみ》がいつも濡《ぬ》れてるみたいに艶《つや》々《つや》してて』

（……綺麗？）

そういえば、子供の頃《ころ》はよく、周りの大人に「整った顔立ちをしている」と言われたことを思い出す。

細面《ほそおもて》に尖った顎《あご》。細い鼻筋に薄《うす》い唇《くちびる》。全体的に小作りなのに、切れ長の目だけが黒目がちで大きいからかもしれない。だが、視力が落ちて以降、鏡の中の素顔《すがお》はいつもぼやけているので、自分がどんな顔をしているかを意識することもほとんどなかった。そもそも男で多少整った顔立ちをしていたところで、芸能人でもない限り、あまり意味はない。

ましてや、ハリウッドスターも尻尾《しっぽ》を巻く美貌の持ち主にそんなことを言われても、嫌《いや》みとしか思えなかった。

『貴方《あなた》にそんなことを言われても嬉《うれ》しくないです』

胸のうちを正直に口に出すと、ラシードが唇の片端《かたはし》を引き上げる。

『相変わらずはっきりものを言う』

さほど気分を害したようでもなさそうだったが、桂一はたしかに口が過ぎたと反省し、『申し訳ございません』と詫《わ》びた。同時に、ラシードに対して遠慮《えんりょ》がなくなってきている自分を自覚する。

弟の和輝と同年代だと思うからか。

ラシードもまた、自分に対して距離《きょり》を縮めてきているように感じるからか。

いずれにせよ、相手は警護対象者で王族だ。あまり気を許し過ぎるのもまずい。

己《おのれ》を戒《いまし》めていると、ラシードが桂一の心情とは裏腹な、どこか楽しげな声音《こわね》を落とした。

『おまけにそんな細い体で、自分よりひと回り以上大きな相手をバタバタ倒《たお》すし』

昨日の乱闘《らんとう》のことを言っているのだろう。実際には倒し切れておらず、ラシードに助けてもらうという失態を演じたのだが。

『そうおっしゃる殿下こそ……お強くて驚きました』

本当に強かった。いまだに、あの時の鮮《あざ》やかな身のこなしが目に焼きついて離《はな》れないほどだ。

桂一の賞賛の言葉を、ラシードはなんでもないことのように『ああ』と受け流した。

『いざという時のために、セルフディフェンスの基本は習得したからな』

やはりそうだったのかと納得《なっとく》する。下手《へた》に度胸があり、腕《うで》にも自信があるから無茶《むちゃ》をする。

警護対象者としては一番厄介《やっかい》な手合いだと腹の中で渋面《じゅうめん》を作りつつ、桂一はもう一度ラシードに頼《たの》んだ。

『眼鏡を返してください』

『さぁて、どうしようか』

悪戯《いたずら》っ子《こ》のような顔つきで嘯《うそぶ》くラシードを上目遣《うわめづか》いに睨《にら》む。

『悪ふざけもいい加減にしてください』

『あんた……怒《おこ》ると白い肌《はだ》が薔薇色《ばらいろ》に上気して余計に綺麗だな』

懲《こ》りずに戯《ざ》れ言《ごと》を吐《は》くラシードを、桂一はいよいよきつい目で睨《ね》めつけた。

『そういうことは女性におっしゃってください。私は男です』

『男だろうが女だろうが関係ない。綺麗なものを綺麗だと言って何が悪い』

聞きようによっては口説き文句にも取れる台詞《せりふ》に、じわっと顔が熱くなる。「生粋《きっすい》のタラシ」という言葉が脳裏《のうり》を巡《めぐ》った。

この王子は……本気で質《たち》が悪い。

(くそっ)

天然王子のせいでペースが狂《くる》いっぱなしだ。

『殿下、本気で怒りますよ』

『また俺を怒鳴《どな》りつけるか?』

『そうはしたくありません。……お願いですから』

下手に出て漸《ようや》く、満足げに唇を歪《ゆが》ませたラシードが眼鏡を返してくれる。

もはや体の一部のように馴染《なじ》んだシルバーフレームの眼鏡を装着して、なんとかＳＰとしての本分を取り戻《もど》した桂一は、まだしつこく自分を見つめているラシードに改めて確認《かくにん》した。

『お見舞《みま》いに行かれるのですよね？』

とたん、嫌なことを思い出したというように目の前の顔が翳《かげ》りを帯びた。

『殿下？』

暗い金の髪《かみ》を掻《か》き上げ、ラシードが憂《うれ》い顔《がお》でつぶやく。

『……仕方ないだろ』

5

午後三時過ぎ、一行はリムジンで、ファサド国王が入院する大学病院へ向かうこととなった。リムジンに同乗するのは、アシュラフ、ラシード、それぞれの警護担当の菅沼、桂一、サクルの計五名だ。

後部座席にアシュラフとラシードが座り、その前の列のシートに菅沼と桂一、サクルは助手席に座った。

アシュラフとラシードは、初めの十五分ばかりは雑談を交《か》わしていたが、今は会話が途切《とぎ》れている。アシュラフが話しかけても、ラシードが話に乗ってこないので、いつしか沈黙《ちんもく》のほうが長くなってしまった。

今はアシュラフも弟とのコミュニケーションを諦《あきら》めたように、腕組《うでぐ》みをして目を閉じている。

一方ラシードは、気を紛《まぎ》らわせるためか、窓に視線を向けているが、その手が終始落ち着きなく、イライラと膝《ひざ》を打っていた。

(相当ピリピリしているな)

父親の見舞いを前にして、かなりナーバスになっているようだ。

理由はわからないが、よほど父を見舞うのが嫌らしい。今日だって、アシュラフがこうして強引《ごういん》に連れ出さなければ、病院に向かわなかったに違《ちが》いない。

それを思えば、アシュラフが来日してくれて本当に助かった。

そんなことを考えているうちに、前方に背の高い建物が見えてくる。政府要人が入院することでも有名な大学病院だ。桂一も一度、二係の応援要請《おうえんようせい》で出向いたことがある。

緑の多い広大な敷地《しきち》を塀《へい》に沿ってぐるっと半周したリムジンが、開け放たれた鉄の門をくぐった。同じような建物がいくつか連なる中でも、一番階層の高い建物に向かって走る。リムジンは人の出入りがある正面玄関《げんかん》の前を通過し、建物の裏手へ回った。正面から入らないのは人目を避《さ》けるためだ。

ひっそりと静まり返った裏口の前でリムジンが停《と》まる。

運転手が運転席から降り、後部座席へ回り込んでドアをさっと開ける。まず先にラシードが降り立ち、次にアシュラフが続いた。

自分でドアを開けてリムジンから降りた桂一は、ふたりの王子が並び立つ姿に、思わず目を細める。

国王の見舞いに際して、アシュラフとラシードは、アラブの民族衣装に着替《きが》えていた。

首許から胸元《むなもと》にかけて金糸で精巧《せいこう》な刺繍《ししゅう》が施《ほどこ》された真っ白な絹地の衣装に、やはり刺繍の美しいサッシュベルトを巻き、ざっくりとした丈《たけ》の長いローブを羽織っている。頭には、腰《こし》まで垂れる白いカフィーヤを被《かぶ》っていた。

民族衣装のふたりは、どちらも背が高く、肩幅《かたはば》がしっかりとあるせいか、とても立派に見えた。白い衣装は、褐色《かっしょく》の肌や彫《ほ》りの深い顔立ちをいっそう引き立てる。

先程《さきほど》、着替えを済ませて寝室《しんしつ》から出てきた時も、初めて見た正装のラシードの美しさに、桂一はしばし目を奪《うば》われた。

(本当に……「アラブの王子様」なんだな)

改めてそう実感する。

普段《ふだん》のラシードは、ただならぬオーラがあるとはいえ服装や立《た》ち居振《いふ》る舞《ま》いがいかにも「今時の若者」なので、ベドウィンの末裔《まつえい》であることを、つい失念してしまいがちだが。

桂一と菅沼が先に立ち、裏口のガラスの自動ドアを通った。さらにふたりの王子、サクルの順で建物の中に入る。人気のない廊下《ろうか》をしばらく歩き、エレベーターホールに辿《たど》り着いた。一基だけのエレベーターは、十階にあるＶＩＰ専用個室に直通している。

五人で乗り込み、桂一がボタンを押した。上昇《じょうしょう》の間、隣《とな》りに立つラシードをちらりと窺《うかが》ったが、その横顔はカフィーヤに隠《かく》れてしまってはっきり見えない。ただ、白い布からわずかに覗《のぞ》く口許《くちもと》が、きつく引き結ばれているのはわかった。

(緊張《きんちょう》しているのか？)

傍若無人《ぼうじゃくぶじん》なラシードとも思えない様子に驚《おどろ》く。

何がそんなにラシードを萎縮《いしゅく》させるのか。

訝《いぶか》しんでいる間にポンッと音がして、ケージが十階に到着《とうちゃく》した。ドアが開き、ぴかぴかに磨《みが》かれた床《ゆか》と白い壁《かべ》が見える。他《ほか》の階とは見るからに造りが異なるエレベーターホールに降り立ち、ホールを出たところを左折した。左手には部屋はひとつしかない。そのドアの前に、濃紺《のうこん》のスーツを着た男がふたり立っていた。襟元《えりもと》には警護員記章のバッジが光る。国王の身辺警護にあたっている警護課四係の課員だ。

受令機から伸《の》びるイヤホンを耳に装着したふたりに桂一は告げた。

「アシュラフ殿下《でんか》とラシード殿下をお連れしました」

うなずいたふたりが、「アシュラフ殿下とラシード殿下が到着」と、部屋の中で詰《つ》めている課員に知らせた。

そうしたのち、申し合わせたように左右に分かれ、両開きのドアを開く。

開かれたドアの中には、シックなインテリアに囲まれた、ホテルのサロンのような空間が広がっていた。壁紙《かべがみ》やカーテン、床、調度品が、落ち着いたベージュと木の風合いで統一された二十畳《じょう》ほどの部屋だ。

部屋の真ん中に設《しつら》えられたソファセットに、カフィーヤを被り、アラブ服を着た男件三人が座っている。その他、外務省の職員らしき男が二名、要所要所に三名の課員が立っていた。

ふたりの王子の入室を知って、アラブ服を着た男たちが一斉《いっせい》に立ち上がる。中でも一番年嵩《としかさ》の、黒い民族衣装を着た五十がらみの男が、王子たちを出迎《でむか》えるように前へ進み出てきた。

『アシュラフ殿下』

両手を広げ、歓迎《かんげい》の意を示す男に、アシュラフが『ナウファル』と呼びかける。

（ナウファル……たしかカマル王太子殿下の側近中の側近だ）

王子たちの後ろに控《ひか》えていた桂一は、脳内のデータを掘《ほ》り起こし、男の身元を確認した。

カマル王太子は現国王の弟で、療養《りょうよう》中の兄に代わって現在マラークの国政を司《つかさど》っている。このナウファルは、国を離《はな》れられないカマル王太子の代理として、国王の来日に付き添ってきているという話だった。

浅黒い肌《はだ》に黒々とした口髭《くちひげ》と顎髭《あごひげ》を生やし、底光りするような鋭《するど》い眼差《まなざ》しをした男が、『おひさしぶりでございます、アシュラフ様』と一礼する。

『ひさしぶりだな。このたびは父の付き添いでの訪日、ご苦労だった』

アシュラフの労《ねぎら》いに、ナウファルが首を横に振《ふ》った。

『私はただ、ここに控えておることしかできません』

『父の容態はどうだ？』

『今は眠《ねむ》っておられます』

『そうか……では、目覚めるまで少し待とう』

言って、アシュラフが近くにあった肘掛《ひじか》け椅子《いす》に腰を下ろす。

『ラシード、おまえも座れ』

しかし、兄の促《うなが》しにもラシードは動かなかった。入り口付近に立ち尽《つ》くしたまま、自分の前に立つナウファルを睨《にら》みつけている。

ふたりの間に流れる緊迫《きんぱく》した空気に気がついた桂一は、じわりと眉根《まゆね》を寄せた。

（……なんだ？）

アシュラフと話していた時の比較的穏《ひかくてきおだ》やかだった顔つきから一転、ナウファルがラシードを見る目つきも厳しい。

しばらく、ふたりは言葉も発さずに、天敵同士のように睨み合っていたが、やがてナウファルがその顔に嘲笑《ちょうしょう》めいた笑みを浮《う》かべた。

『これはこれは驚きました、ラシード殿下。お会いするのは何年ぶりですかな？　あまりに面《おも》変《が》わりなされていて、どなたかわかりませんでした』

あてこするような嫌《いや》みな口調でそう告げて、慇懃《いんぎん》に腰を折る。ゆっくりと顔を上げたナウファルが、続けて言った。

『貴方《あなた》がわざわざ米国から見舞《みま》いに訪《おとず》れるとは、どういった風《かぜ》の吹《ふ》き回《まわ》しでしょうか？』

ラシードの表情がひくりと引きつったのがわかる。

『今まで散々にお父上に反発し、祖国を顧《かえり》みずに異国で放蕩《ほうとう》の限りを尽くしておきながら、いざとなると王位が欲しくなったということでしょうか』

今度は肩《かた》がぴくりと震《ふる》えた。屈辱《くつじょく》に強《こわ》ばったラシードの顔に、じっと揺《ゆ》るがぬ視線を注いで、ナウファルがさらに言葉を重ねる。

『だが、王が貴方を選ぶことはありますまい』

直後、ラシードの形相が変わった。碧《あお》い瞳《ひとみ》に怒《いか》りの炎《ほのお》が燃え上がったかと思うと、怒気《どき》もあらわに叫《さけ》ぶ。

『俺は王位など欲しくない！』

『さて、どうでしょうやら』

薄笑《うすわら》いを口許に刷《は》いたナウファルを、ラシードはギリギリと歯嚙《はが》みをして睨んでいたが、不意に白い衣装を翻《ひるがえ》した。肩を怒《いか》らせドアに近づき、バンッと大きな音を立てて開く。

固唾《かたず》を呑《の》んでふたりのやりとりを見守っていた桂一は、その音ではっと我に返った。アシュラフも同様だったらしく、椅子から立ち上がって『ラシード！』と弟を呼ぶ。

『私が追います！』

アシュラフにそう告げ、桂一はラシードを追って部屋を飛び出した。何事かと血相を変える四係の課員たちに「自分に任せろ」と目で合図をして、ふたたび走り出す。

『お待ちください！　殿下！』

カフィーヤをなびかせ足早に前を行くラシードに、エレベーターホールでどうにか追いついた。

『殿下！』

すぐ後ろで呼んでもラシードは振り向《む》かず、苛立《いらだ》った手つきでエレベーターの呼び出しボタンを押す。その傍《かたわ》らに並び、桂一はできるだけ平静な声を作って話しかけた。

『殿下、お部屋に戻《もど》りましょう』

ラシードは無言でボタンを押し続ける。

『アシュラフ殿下がお待ちです。殿下』

エレベーターの扉《とびら》が開いた。ラシードがすぐに乗り込む。桂一も乗り込んだ。横に並び、猛々《たけだけ》しい「気」を発して立つラシードを説得にかかる。

『お気持ちはお察し致《いた》します。ですが、まだお見舞いが済んでおりません。せっかくここまでいらしたのですから、お戻りになるのはせめてひと目お父上にお会いになってからになさ…』

『あそこまで言われて見舞いなんかできるか！』

すべて言い終わる前に、怒気を孕《はら》んだ声で遮《さえぎ》られた。

『………』

たしかに、ナウファルの言い様はひどかった。自分がラシードの立場だとしても、居たたまれなかっただろう。

『あいつがあそこにいる限りは、二度とここへは来ない！』

ラシードが吐《は》き捨てるように低く断じる。

『……殿下』

遣《や》り場《ば》のない憤《いきどお》りを持て余すように、固く握《にぎ》った拳《こぶし》が小刻みに震えているのを見て、言葉を継《つ》ごうと開きかけた口を桂一はのろのろと閉じた。

みんなの前で侮蔑《ぶべつ》を受けたラシードの怒りももっともだ。そう思うと、これ以上の無理強《むりじ》いはできなかった。

ぎゅっと奥歯を噛《か》み締《し》める。

やっと、あと一歩というところまで漕《こ》ぎ着けたのに……あの男のせいで台無しだ。

結局、父親の見舞いを果たさずにホテルへ引き返したラシードは、部屋に入るなりカフィーヤを乱暴に剝《は》ぎ取り、床に投げ捨て、荒々《あらあら》しく主寝室《しゅしんしつ》のドアを閉めて——以来閉じこもったままだ。

桂一は、一緒《いっしょ》に戻ったサクルとふたりで、主室で待機することになった。

ソファに座り、いつ開くやもしれない、天《あま》の岩屋戸《いわやと》と化したドアを見つめる。

すべてを拒絶《きょぜつ》するように固く閉《と》ざし、ひとりで寝室《しんしつ》に籠《こ》もって何をしているのか。ふて寝《ね》でもしているのだろうか。……まさか泣いていたり……？

一度、心配になってドアをノックしたのだが、『入ってくるな！』と怒鳴《どな》られてしまった。

今のラシードは、手負いの山猫《やまねこ》さながらだ。

仕方がない。自分から出てくるまで待つしかないと腹をくったのだが……。

（落ち着かない）

ラシードの傷ついた表情を目《ま》の当たりにしてしまったせいだろうか。ドアの向こうの様子が気になって仕方がない。桂一はもぞもぞと尻《しり》を蠢《うごめ》かした。

手持《ても》ち無沙汰《ぶさた》に眼鏡《めがね》のつるを弄《いじ》ってから、視線を腕《うで》時計に落とす。

午後九時二十分。夕食も摂《と》らずにラシードが主寝室に籠もって、四時間が過ぎた。今日はこのまま外出をせずに籠城《ろうじょう》するつもりだろうか。

サクルは桂一とは裏腹に、例によってなんの感情も表に出さず、ほとんど動かず、彫像《ちょうぞう》のように鎮座《ちんざ》している。ナウファルがラシードに放った侮蔑の言葉を聞いていたはずだが、それに対してどう思ったのか、その浅黒い顔から読むことはできない。また、どうせ訊《き》いたところで答えがないのもわかっているので、桂一も敢《あ》えて何も問わなかった。

（そろそろ……アシュラフ殿下《でんか》は見舞いを終えて戻られる頃《ころ》だろうか）

もう一度、腕時計の文字盤《ばん》に目を向け、そう思った時だった。コンコンとドアがノックされる。

桂一はさっと立ち上がり、戸口まで歩み寄った。ドアスコープを覗《のぞ》くと、たった今思い浮かべていたばかりの顔が見える。アシュラフだった。

『今、開けます』

そう言って、ガチャッとドアを開ける。いったん自分の部屋に戻ったのだろう。アシュラフはすでに白い民族衣装から私服に着替《きが》えていた。背後には、菅沼の姿もある。

菅沼を従えて部屋の中に入ってきたアシュラフが、主室をぐるっと見回したのちに、目当てのものを見つけられなかった顔つきで、桂一に『ラシードは？』と尋《たず》ねた。

『寝室に籠もっておいでです』

『いつから？』

『お戻りになってからずっとです』

桂一の返答に、アシュラフが太い眉《まゆ》をひそめた。

主寝室のドアまで大股《おおまた》で近寄ったアシュラフが、『ラシード、俺だ、アシュラフだ』と呼びかける。

『今病院から戻ってきた。父上と少し話をしたぞ。おまえが日本に来ていると言ったら、元気にしているのかと気にかけていた』

そこで言葉を切り、少し待ったが、寝室からのいらえはなかった。

『ラシード、頭の固いナウファルの言うことなど気にするな。誰《だれ》もおまえが王位のために見舞いに訪れたなどと思っちゃいない。父上だってわかっている』

さらに一分ほど待ち、ドアが開く気配がないのを感じ取ったアシュラフが、諦《あきら》めたように肩を竦《すく》める。ソファセットまで歩み寄って来て、肘掛《ひじか》け椅子《いす》にどさっと腰《こし》を下ろした。

桂一も、アシュラフの側《そば》のソファに座る。

自分の仕事はラシードを警護することで、それ以上の余計な口出しはすべきではない。主人がナンパした女性と淫《みだ》らな行為《こうい》に耽《ふけ》ろうが、荒《あ》れて部屋に籠もろうが、我関せずの姿勢を貫《つらぬ》くのが正しい。ＶＩＰとは一線を引いて接するべきだ。どんな内情を耳にしても、「壁《かべ》」に徹《てっ》して聞き流すのが筋。――そう頭ではわかっていたが、気持ちが騒《さわ》いでどうしても黙《だま》っていられなかった。

肘掛けに肘《ひじ》をつき、難しい顔つきで閉じられた寝室のドアを睨《にら》んでいる第一王子に、躊躇《ちゅうちょ》の末、『あの……』とアラビア語で話しかける。アシュラフがこちらを見た。

『アラビア語を？』

『はい、大学で勉強しまして』

へぇ、というふうに、アシュラフが片方の眉を持ち上げる。アラビア語での会話を誘導《ゆうどう》したのは、部屋の隅《すみ》で待機している菅沼に内容を聞かれないためだ。

『ラシード殿下は、ナウファル閣下のお言葉にいたく気分を害されたご様子で、ナウファル閣下が病院にいる間は見舞《みま》いには行かないとおっしゃっておいででした』

『ああ……まったく、せっかく連れていったのに、ナウファルめ余計なことを』

忌々《いまいま》しげに舌を打つ、彫《ほ》りの深い横顔を眺《なが》めながら、気がつくと前々から抱《いだ》いていた疑問が口をついて出た。

『ですが……今日のことが起こる以前から、ラシード殿下は父君のお見舞いに関して消極的であるように、私には見受けられました。そのことが実はとても不思議で……わざわざ見舞いのために来日しておきながら病院に近づかないのはなぜなのだろうか、と』

SPの領分を踏《ふ》み越《こ》えての問いかけに、真意を探《さぐ》るような視線を向けられる。その眼差《まなざ》しを逸《そ》らすことなく受け止めていると、ほどなくアシュラフが口を開いた。

『ラシードは……あいつは、自分が父親に疎《うと》まれていると思い込んでいるんだ』

『お父上に？』

『ラシードの母親が英国人であることは知っているだろう？』

『はい』

ラシードに関するデータならば諳《そら》んじられる。

『その母親は、ラシードが五歳の時に父と離婚《りこん》して英国へ帰ってしまった。英国の上流階級出身だった彼女は気位が高く、やはりアラブ人としての矜持《きょうじ》を強く持った父とぶつかり、別れる前は諍《いさか》いが絶えなかったようだ。ラシードは幼少時、ふたりの喧嘩《けんか》をよく目にしていた』

父と母が声高《こわだか》に言い争う姿を、柱の陰《かげ》からそっと窺《うかが》い見る幼少時のラシードが脳裏《のうり》に思い浮《う》かんだ。

『見てのとおり、あいつは母親の遺伝子を色濃《いろこ》く受け継いでいる。それ故《ゆえ》か、母親似の自分は父親に疎まれていると思い込んでいるらしい。まぁ実のところ、父は無骨なアラブ男で、また国王としての職務が忙《いそが》しかったこともあり、子供のことは乳母《うば》に任せきりだったからな』

『……そうですか』

『異質な容姿のせいで、ラシードは家族の中でひとり疎外《そがい》感を覚えて育った。なおさらナウファルのように古い考えを持ち、異国の血の混じったラシードを王族として認めない者もいる』

ハリーファァ王家は、アラブの諸大国の王家とも親戚《しんせき》関係にある由緒正《ゆいしょただ》しい名家だ。それ故に、純血にこだわる風潮も根強いのだろう。

そういった排他的《はいたてき》な空気の中で暮らす——というのがかなり息苦しい生活であろうことは、桂一のような部外者にも容易に想像がつく。

『おそらくマラークにいづらかったんだろう。ラシードは十五歳から母親の住む英国へ渡《わた》り、士官学校へ入った。だが、その母親も英国人と再婚《さいこん》してしまい……行き場を失ったラシードは、卒業後は米国へ渡った』

『…………』

生まれ育った故郷を離《はな》れ、母の側《そば》へ身を寄せるも、そこでも身の置き所を失い……どこにも自分の居場所がないと、あの美しい青年は思っているのかもしれない。

そういえば……と思い出した。

ラシードは日常的に英語を使い、必要に迫《せま》られない限りは母国語を話さない。それも、自分は祖国から拒絶《きょぜつ》されているというマイナスの感情によるものなのだろうか。

『十五歳で国を出てから今日まで、七年の間、ラシードは一度もマラークの地を踏んでいない。俺は米国でたまに会っていたが……父や末の弟のリドワーンともすっかり疎遠《そえん》になっている。ナウファルが「祖国を顧《かえり》みずに」と罵《ののし》ったのはそのせいだ。顔を見せないばかりか、ラシードに関して米国から届くのは醜聞《しゅうぶん》ばかりだ。ラシードの存在を「王家の恥《はじ》」と思っている国民も多い』

アシュラフが苦々しい表情でつぶやく。

派手な交友関係も乱れた女性関係も、酒を大量に呑《の》むことも、紛《まご》うことなき真実なので、素行に関しての醜聞は自業自得《じごうじとく》だと言えた。

(だけど……)

刹那《せつな》的でゴシップに塗《まみ》れた生活には、拠《よ》り所《どころ》のない孤独《こどく》感が少なからず影響《えいきょう》している——そんな気がして。

『だが、そのラシードが、父の容態を知って、兄弟の中でも一番早く日本に駆《か》けつけた』

アシュラフの言葉に、桂一も『ええ』と相槌《あいづち》を打った。そうだ。誰よりも早く、ラシードは日本の地を踏んだ。

『父の容態が気になっていないわけではないと俺は思う。むしろ心配で矢も楯《たて》もたまらずに駆けつけた。しかし、いざとなると七年ぶりということもあり、父に拒絶されるのではないかと臆《おく》する気持ちが強いのだろう』

強気で享楽《きょうらく》的な王子の胸の奥に潜《ひそ》む、繊細《せんさい》で臆病《おくびょう》な心。

本当は誰よりも、家族の愛に飢《う》え、父親の愛情が欲しくて……？

『できればこの折に父とじっくり話をし、長年のブランクを埋《う》めて欲しいんだが』

長男らしい思いを口にするアシュラフの憂《うれ》いを帯びた横顔を、桂一自身も思案に耽《ふけ》りながら眺めていると、ガチャッとドアが開く音がした。

音がしたほうに顔を向けて、寝室《しんしつ》から出てきたラシードの姿を捉《とら》える。白いシャツに黒のボトムという姿だ。

『殿下《でんか》！』

『ラシード！』

アシュラフと桂一がほぼ同時に叫《さけ》び、腰を浮かせた。数秒、昏《くら》く澱《よど》んだ目でこちらをじっと見据《みす》えていたラシードが、ゆらりと近づいてくる。

開かずのドアが開いたことに喜んだのも一瞬《いっしゅん》、その座った目つきとどこか不確かな足取りに、桂一はうっすら眉をひそめた。

（もしかして……酔《よ》っている？）

訝《いぶか》っている間に距離《きょり》を詰《つ》めてきたラシードが、ソファセットのすぐ手前で足を止め、桂一とアシュラフを無言で見下ろす。全身から荒《すさ》んだオーラを立ち上らせる弟を、黙って見返しいたアシュラフが、やがて気を取り直したように『ラシード』とその名を呼んだ。

『顔色が悪いようだが大丈夫《だいじょうぶ》なのか？』

『………』

ラシードは答えない。ただ仄暗《ほのぐら》い視線を桂一とアシュラフに向けて立ち尽《つ》くしている。リアクションのない弟に、アシュラフが双眸《そうぼう》を細めた。それでもなんとか会話の糸口を摑《つか》もうとしてか、話しかける。

『ラシード、さっきも言ったが、父上はおまえのことを案じていた。ナウファルには俺から言ってきかせるから、明日にでももう一度病院に…』

『出てってくれ』

かすれた低音で発言を遮《さえぎ》られたアシュラフが、今度は瞠目《どうもく》した。

『ラシード？』

『今日はもうその話はしたくない』

『ラシ……』

『部屋から出ていってくれ』

頑《かたく》なに拒絶の言葉を繰《く》り返すラシードを、眉根《まゆね》を寄せて見上げていたアシュラフが、ふっとため息を吐《は》く。取りつく島のない弟の態度に、これは埒《らち》が明《あ》かないと判断したのだろう。

『わかった。今日のところは引き上げる』

譲歩《じょうほ》するように言った。

『明日また改めて話をしよう』

ラシードからは返答がなかったが、それ以上は言葉を重ねず、アシュラフは肘掛《ひじか》け椅子《いす》から立ち上がった。共に立ち上がった桂一を振《ふ》り向《む》き、まっすぐ目を見つめて『ラシードを頼《たの》む』と告げる。

『はい』

うなずく桂一に、アシュラフが微笑《ほほえ》んだ。

『じゃあな、ラシード』

すれ違《ちが》い様《ざま》に弟の肩《かた》にぽんと手を置き、菅沼を引き連れてアシュラフが部屋を出て行く。ドアがパタンと閉じると、ラシードは次にサクルに対し『おまえも今日は下がれ』と命じた。

刹那、その浅黒い顔に意外そうな表情をわずかに浮かべたサクルが、だがすぐに無表情を取り戻《もど》し、無言で一礼する。

部屋を辞していくサクルを見送った桂一は、ふたたびドアが閉まり、ラシードとふたりになった段で、もの問いたげな視線を目の前の男に向けた。

アシュラフを追い返し、その上サクルまで？

（まさか邪魔者《じゃまもの》を追い払《はら》ってひとりで出かけるつもりじゃないだろうな）

次は自分を追い払う気か？

そうはさせるかと内心で身構える桂一を、ラシードは険しい目つきで見据えてきた。

『アッシュと何を話していた？』

『……え？』

『さっき話してたじゃないか。身を寄せ合ってひそひそと』

不機嫌《ふきげん》な低音にドキッとする。

当人のいないところでSPの立場を逸脱《いつだつ》し、ラシードの母親のことや父親との確執《かくしつ》、祖国との複雑な関係を聞いてしまったことへの罪悪感がやおら沸《わ》き上がってきて、桂一は微妙《びみょう》に視線を泳がせた。

『言えよ。何をこそこそ話していた？』

しかし、ドスのきいた低声でなおも問《と》い詰められて、しらを切りきれず、俯《うつむ》き加減《かげん》にぼそぼそと落とす。

『……殿下が長く祖国に戻っておられず、父君や弟君と疎遠な関係でいらっしゃるのをアシュラフ殿下は心配しておいでで した』

『なんで俺がマラークに帰らないのか、その理由も聞いたんだろ』

『…………』

ラシードが、その唇《くちびる》に薄《うす》い笑《え》みを刷《は》いた。

『帰ったところで誰《だれ》も喜ばないからだ』

『そんなことは……っ』

思わず反論する桂一を、碧《あお》い瞳《ひとみ》が冷ややかに睨《ね》めつける。

『ナウファルの態度を見ただろ？　あいつにとって俺は由緒正《ゆいしょただ》しきベドウィンの末裔《まつえい》ハリーファ王家の恥。同じ空気を吸うのも汚《けが》らわしいってやつだ。おおかた病床《びょうしょう》の国王に不肖《ふしょう》の息子《むすこ》を会わせて、病気が悪化したら困るとでも思っているに違いない』

『正直に申し上げて、私もあの御方《おかた》の態度はいくらなんでもひどいと思いました。あれは、殿下が気分を害されても当然です』

『同情かよ？』

『そうではありません』

首を横に振り、桂一はラシードをまっすぐ見据える。

『殿下がいろいろなご事情から難しいお立場であることはわかります。ですが、ここは日本です。マラークでのいざこざや確執は一時保留にして、まずはお父上を見舞《みま》うことが先決なのではないでしょうか。そのために日本にいらしたのですから』

ラシードは、憮然《ぶぜん》とした面持《おもも》ちで唇を真一文字に引き締《し》めている。差し出がましい口をきいている自覚はあったが、ラシードが抱《かか》えている様々な問題をアシュラフから聞いてしまった今、もはや何も知らない自分には戻れなかった。

（本当は、ラシードだって父親に会いたいはずだ）

その思いに圧《お》され、懸命《けんめい》に言い募《つの》る。

『違う環境《かんきょう》でお話をすれば気分が変わり、お心が通じ合うかもしれません。とにかくまずは一度、お父上にお会いになってください』

『………』

『アシュラフ殿下も、この機会にじっくりと話をして欲しいと……』

とたん、ラシードのこめかみがぴくっと震《ふる》えた。

『あんたは俺の護衛だ。アッシュは関係ないだろ』

『殿下？　すみません、よく聞き取れなか…』

『もういい！』

苛立《いらだ》った声で叫んだかと思うと、ラシードが踵《きびす》を返す。戸口に向かって歩き出したラシードに、桂一は問いかけた。

『どうなさったのですか？』

『あんたと話してたら余計に気分が悪くなった』

吐き捨てるような物言いが胸に突《つ》き刺《さ》さる。

『………っ』

『憂《う》さ晴《ば》らしに出かける』

立ち直る時間も与《あた》えられずに外出を宣言され、桂一は両目を見開いた。

これから⁉

だが、もう十時を過ぎている。

『殿下《でんか》、いきなりは無理です。リムジンの用意もありますし、サクルにも……殿下！』

足を止めないラシードに追いすがり、前に回り込んだ瞬間《しゅんかん》、ぷんと強いアルコール臭《しゅう》が鼻腔《びこう》を刺激《しげき》した。

（これは……相当に酔《よ》っている）

先程《さきほど》足取りが覚束《おぼつか》ないと感じたのは、やはり酔いのせいだったのだ。おそらく、寝室《しんしつ》に籠《こ》もっていた間中、ずっと呑《の》み続けていたのだろう。

『かなりお呑みになっていますね？』

桂一の確認に、ラシードがふんと鼻を鳴らす。

『どれだけ呑もうが俺の自由だろ。――いいから出かけるぞ』

『お忘れですか？　夜の外出は控《ひか》えてくださるとお約束したはずです』

ちっと舌打ちが落ちた。怖《こわ》い顔でしばらく桂一を睨《にら》みつけていたラシードが、不意に肉感的な唇を歪《ゆが》ませる。

『あんたも男なら察しろよ……女が欲しいんだよ』

あけすけな物言いにカッとこめかみが熱くなるのを感じながら、桂一は目の前の顔を厳しく見据《みす》えた。

『駄目《だめ》です。その状態での外出は許可できません』

びしっと言い渡《わた》した直後、視界の中の美しい貌《かお》がみるみる険を孕《はら》む。かと思うと突然《とつぜん》二の腕《うで》を摑《つか》まれ、桂一は身じろいだ。摑まれた腕をぐいっと引かれて、体がバランスを崩《くず》す。

『何を……殿下！』

そのまま強い力で引きずるように引っ立てられ、強引《ごういん》に主寝室《しゅしんしつ》へ連れ込まれた。初めて足を踏《ふ》み入れた主寝室の中央に置かれたキングサイズのベッド——そこへ、どんっと突き倒《たお》される。

『うあっ』

仰向《あおむ》けにひっくり返り、体がリネンに沈《しず》み込んだ。起き上がる前に、ベッドに乗り上げてきたラシードに両腕《りょううで》を摑まれ、組み敷《し》かれる。ぎしっとベッドが軋《きし》んだ。

『なっ……何をするんですかっ』

顔を振り上げて、飢《う》えた獣《けもの》のような熱っぽい視線と視線がかち合う。

『だったら……あんたが女の代わりに慰《なぐさ》めろ』

やがて落ちてきた低音に、桂一は瞠目《どうもく》した。

女の代わりに……慰めろ？

（な……に？　何を言って……）

ラシードの言葉の意味も、なぜ自分がベッドに押し倒されているのか、その理由もわからず、レンズの奥の目を瞠《みは》って固まっていると、ラシードがゆっくりと身を沈めてきた。どれだけアップになっても美しい貌に魅入《みい》られている隙《すき》に、唇に熱い吐息《といき》がかかる。

強いアルコールを感じ、つと眉《まゆ》をひそめた時、しっとりとあたたかい感触《かんしょく》が触《ふ》れた。

（……え？）

わずかに湿《しめ》り気《け》を帯びた熱っぽいそれに唇を覆《おお》われ、ちゅくっと音を立てて吸われて漸《ようよ》う、自分がくちづけられていることに気がつく。

キ……キス⁉

ラシードが自分にキスをしている？

一瞬《いっしゅん》、あり得ない事態に動転し、頭が真っ白になった。だがやがて、ぬるっとした舌で唇の間を割られる感覚に、はっと我に返る。

（いけない！）

ラシードは酔っている。酔って理性のたがが外れ、正気ではなくなっているのだ。だがいくらラシードが手が早くて見境がないと言っても自分は男だ。行きずりの女性と一夜のアバンチュールを楽しむのとはわけが違《ちが》う。こんなことは戯《たわむ》れにもあってはならないはずだ。絶対に！

一刻も早く王子の乱心を諫《いさ》め、正気に戻《もど》さなければ！

なんとか拘束《こうそく》から逃《のが》れようと抗《あらが》ったが、両手をリネンに縫《ぬ》い付けられている上に、下半身に乗り上げられているので、身動きができない。

『んっ……う、んっ……うんっ』

徐々《じょじょ》に深まるくちづけに焦燥《しょうそう》が込み上げ、桂一は顔を激しく左右に打ち振《ふ》るって抵抗《ていこう》した。攻防《こうぼう》の末、どうにかラシードの唇《くちびる》から逃れるやいなや、叫《さけ》ぶ。

『お気をたしかに殿下！　お願いです！　手を放してください！　ラシード！　ラシ……ッ』

だが必死の訴《うった》えも空《むな》しく、うるさげに眉根《まゆね》を寄せたラシードに、ふたたび唇を塞《ふさ》がれてしまった。逃《に》げ惑《まど》う舌を強引に搦《から》め捕《と》られ、口腔《こうこう》内を荒々《あらあら》しく掻《か》き混ぜられる。

『っん……くっ……ん』

酸欠と、ラシードの唾液《だえき》から流れ込んできたアルコールのせいで、だんだん頭がぼーっとしてくる。おまけにラシードはすごくキスが上手《うま》い。経験値の低い自分でもわかるほどに、上手い。少しでも気を許せば、理性を根こそぎ持っていかれてしまいそうに気持ちよくて……頭の芯《しん》がジンジンと痺《しび》れる。

心臓がドクドクと早鐘《はやがね》を打ち、体が火照《ほて》る。眦《まなじり》が熱を持ち、瞳が潤《うる》んで……。

(駄目だ……駄目……だ)

巧《たく》みなキスに流されかける自分を引き戻そうと、桂一は胸の中で「駄目だ」を繰《く》り返した。渾身《こんしん》の力を振り絞《しぼ》り、ラシードの拘束から逃れようと身をくねらせる。すると、漸《よう》やくくちづけを解かれた。

はぁはぁと胸を喘《あえ》がせ、じわじわと両目を開く。至近距離《しきんきょり》から、ラシードの碧い瞳が痛いくらいにまっすぐと自分を射貫《いぬ》いていた。

紺碧《こんぺき》の奥にはっきりと欲情《よくじょう》の色を認め、ぴくりと肩《かた》が揺《ゆ》れる。

『逆らうな』

低い命令が落ちた。

『……殿下』

『俺に逆らうな』

傲慢《ごうまん》な言葉とは裏腹に、ラシードは美しい貌を歪ませている。

眉根を寄せ、唇を引き結んだ——傷ついた子供のようなその表情が、想像の中の、幼い日のラシードと重なった。

『……ラシ……』

直後、桂一の手首から手を離《はな》したラシードが、その身をぎゅっと抱《だ》きすくめてくる。熱を帯びた硬《かた》い肉体にきつく抱《だ》き込まれ、息を呑んだ。

『あんたまで……俺を疎《うと》むのか』

耳許《みみもと》のかすれた囁《ささや》きに胸を衝《つ》かれる。

重なり合った胸から伝わってくる、少し早い鼓動《こどう》。

(いけない)

こんなことは、あってはいけない……のに。

『…………』

縋《すが》るような抱擁《ほうよう》に、強《こわ》ばっていた体から少しずつ、力が抜《ぬ》けていくのを桂一は自覚した。

それを察したかのように、桂一を抱き締《し》めていた腕の力が緩《ゆる》む。少し身を離したラシードが、そっとくちづけてきた。何度か啄《ついば》むようなキスを落とされ、唇の間を舌先で突《つ》かれて、ねだられるがままに薄《うす》く口を開く。するりと入り込んできた熱い舌を今度は拒《こば》まず、桂一はおずおずと受け入れた。すぐに舌と舌が絡《から》み合う。

(いけ……ない)

最後の理性が頭の片隅《かたすみ》で叫んでいる。

相手はひどく酔っている。正気じゃない。

酔っぱらいの、酔いに任せたその場の勢いに流されてどうする？

そんなことは百も承知だ。わかっている。

わかっているのに抗えない自分が、何よりも一番理解できなかった。

6

それぞれの舌でお互《たが》いの粘膜《ねんまく》を愛撫《あいぶ》し合うことに夢中になっているうちに、ラシードに両手首を摑まれ、頭の上でひとつにまとめられてしまった。

そうやって桂一の両手を片手で拘束しながら、ラシードは自由なほうの手で、桂一のジャケットのボタンを外し始めた。シャツのボタンも外し、ネクタイを解いて、首からするっと引き抜く。

シャツの合わせを大きく開かれて、桂一は小さく震《ふる》えた。全開になった素肌《すはだ》に、上空から遠《えん》慮《りょ》のない視線を注がれ、覚えずこめかみがじわっと熱くなる。

『……本当に色が白いな』

感嘆《かんたん》めいた口調だったが、誉《ほ》め言葉とはとても思えなかった。女性ならいざ知らず「色が白い」と言われて喜ぶ男はまずいないだろう。相手が男としてこの上なく理想的な肉体の持ち主であればなおさら、屈辱《くつじょく》感が増すばかりだ。

『乳首《ちくび》も綺麗《きれい》なピンク色で……下手《へた》な女より全然そそる』

酔《よ》って戯《ざ》れ言《ごと》を吐《は》くラシードを、桂一は上目遣《うわめづか》いに睨《にら》み上げた。

『からかうのはやめてください』

『からかってなどいない』

意外なほど真剣《しんけん》な面持《おもも》ちで真面目《まじめ》な声を落としたラシードが、桂一の体をくるっと裏返す。俯《うつぶ》せの状態で両腕《りょううで》を背中へ回され、手際《てぎわ》よく上着を剝《は》ぎ取られた。さらにショルダーホルスターを拳銃《けんじゅう》ごと外され、手首をまとめて摑《つか》まれる。

『何をするんですか⁉』

嫌《いや》な予感を覚えて尖《とが》った声を発した。が、ラシードはその問いには答えずに、桂一の手首を外したネクタイでひとつに縛《しば》った。

『なっ……何す…』

『あんたは強いからな……念のため』

桂一の抵抗をいなすように、ラシードがつぶやく。

『暴れないとわかったら、ちゃんと外すから』

『何を言ってるんですか！　ネクタイを取ってください！』

拘束された手首を闇雲《やみくも》に動かしながら、桂一は怒《いか》りの声を張り上げたが、返答がないままにラシードの手が前に回ってきて、今度はベルトを外される。続けてスラックスのファスナーを下ろされて焦燥が募《つの》った。

『やめてください！　殿下《でんか》っ！』

しかし懇願《こんがん》も空しく、下着ごとスラックスを膝《ひざ》のあたりまで一気に引き下ろされてしまう。

『………っ』

上ははだけたシャツ一枚。手首はネクタイで縛られ、下半身に至っては局部が剝《む》き出しという恥《は》ずかしい格好。SPとしての武装を解かれ、ここまで無防備な格好にされるまで、わずか数分しかかかっていない。

いくらラシードが手慣れているとはいえ――。

本気で抵抗すれば、こうはならなかったはずだ。

(どうして?)

どうしてさっきから……抗《あらが》いきれないんだ……俺は。

自分で自分がわからずに半ば呆然《ぼうぜん》としていると、ラシードが背後から覆《おお》い被《かぶ》さってきて、ぎゅっと抱き締められる。熱を帯びた硬い肉体の感触《かんしょく》にぴくっと震えた瞬間《しゅんかん》、ラシードが体の前に手を回してきた。おもむろに急所を握《にぎ》り込まれ、本能的な恐怖《きょうふ》におののく。フリーズしている間に、ラシードが握り込んだ手を上下に動かし始めた。

『や……め……っ』

熱い手のひらで全体を満遍《まんべん》なく擦《こす》られると同時に、時折、狙《ねら》い澄《す》ましたかのように、指先で感じる部分を撫《な》で上げられる。そのたび、ぞくぞくっと鳥肌《とりはだ》が立った。

『ん……ぅんっ』

緩急《かんきゅう》をつけ、ツボを心得た手淫《しゅいん》がもたらす強烈《きょうれつ》な刺激《しげき》に、喉《のど》の奥から熱い息が込み上げてくる。

『ふ……っ』

(気持ち……いい)

抗いがたい未知の快感に、硬直《こうちょく》していた体の力が緩み、だんだんと下腹部に熱が集まっていく。ラシードの手の中の欲望《よくぼう》が徐々《じょじょ》に張り詰《つ》めて——。

『あっ……』

敏感《びんかん》な裏の筋を少し強めに擦られ、ついに堪《こら》えきれない声が零《こぼ》れた。自分が発した鼻にかかったような甘いかすれ声に驚《おどろ》き、桂一は息を呑《の》んだ。

なんだ、今の恥ずかしい声は！

『……いい声だ』

ラシードが耳許で満足げにつぶやき、指の愛撫を強くする。欲望の先端《せんたん》からつぷっと蜜《みつ》が溢《あふ》れたのが自分でもわかって、己《おのれ》の浅ましさにくらくらと目眩《めまい》がした。

こんなの……あってはいけないことだ。

相手は一国の王子で警護対象者だ。その愛撫に感じてしまうなんて。いけない。こんなこと許されない。

頭ではちゃんとわかっているのに……。

『もう少し腰《こし》を浮《う》かせろよ』

人を従わせることに慣れた声音《こわね》で耳殻《じかく》に命じられた刹那《せつな》、まるで催眠術《さいみんじゅつ》にでもかかったみたいに腰が浮いていた。直後、大きな手で陰嚢《いんのう》を握られる。中身を押し出すように袋《ふくろ》を揉《も》み込まれ、ペニスの先端からじゅくっと透明《とうめい》な蜜が溢れた。

そういえば、忙《せわ》しない日々に紛《まぎ》れ、もうずっと自慰《じい》をしていないことに気がつく。もともと性欲は強いほうではないので、不自由は感じていなかったけれど。

『溢れてきた……ベトベト』

恥ずかしい状態を知らしめるような耳許《みみもと》の声に、カッと顔が熱くなった。

『……言わないでください』

『なんで？　本当のことだろ』

ほら、と言いながら、ラシードがしみ出した蜜を指先で掬《すく》い取る。その指を、桂一の目の前に持ってきて摺《す》り合わせると、粘《ねば》りけのある透明な蜜が銀の糸を引いた。とっさに卑猥《ひわい》なビジュアルから目を逸《そ》らしたが、強烈な羞恥心《しゅうちしん》とは裏腹に、先端の小さな割れ目からは新たな蜜がとぷっと溢れる。

『すごい……どんどん溢れてくる』

『やめてください……っ』

実況中継《じっきょうちゅうけい》するなと言いたかった。

耳を塞《ふさ》ぎたかったけれど、両手を拘束《こうそく》されていてはそれも叶《かな》わない。

言葉とビジュアルによる辱《はずかし》めに身悶《みもだ》える桂一を尻目《しりめ》に、ラシードの悪辣《あくらつ》な手は愛撫のピッチを上げていく。溢れた先走りが手のひらと擦《す》れ合う都度、ぬちゅっ、にちゅっと摩擦《まさつ》音が耳に届いて、その淫靡《いんび》な水音にも背筋が震えた。

『ん……ぅ、んっ』

いつしか濡《ぬ》れそぼった欲望はすっかり勃《た》ち上がり、熱を孕《はら》んだ下腹部では、今にも爆発《ばくはつ》しそうな欲望がどろどろと渦巻《うずま》いている。

『は……ふ……はっ』

捌《は》け口《ぐち》を求め、忙しない呼吸がひっきりなしに唇《くちびる》から零れ、妖《あや》しいざわめきに胸が騒《さわ》ぐ。熱くて苦しくて、頭の芯《しん》がぼぅっと霞《かす》んだ。無意識にも、腰がうずうずと前後に揺《ゆ》れる。すると尖った乳頭がベッドリネンに擦れ、ぴりっと電流が走った。

『あうっ』

痛痒《いたがゆ》いような刺激に、思わず悲鳴が口をつく。

ちょっと擦れたくらいで飛び上がりそうなくらいに乳首が敏感になっているなんて……。意識だけでなく、体までもが自分じゃないみたいで、桂一は激しく混乱した。

『苦しいなら……達《い》けよ』

耳の後ろに唇を押しつけたラシードが、かすれた声で唆《そそのか》す。桂一は頭を左右に振《ふ》り、わずかに残った理性を総動員して誘惑《ゆうわく》に抗った。

駄目《だめ》だ。駄目だ！

ラシードの──王子の手を汚《よご》すなんて、そんなこと許されない！

奥歯を食《く》い縛り、断続的に突《つ》き上げてくる、苦しいほどの疼《うず》きを堪える。あまりの苦しさに涙《なみだ》が滲《にじ》み、視界がぼやけた。

『我慢《がまん》するな。早く楽になれ』

耳殻に熱い息を吹《ふ》き込みながら、ギリギリの抑制《よくせい》を突き崩《くず》そうとするかのように、ラシードの手が残酷《ざんこく》に追い上げてくる。

『あっ……あっ……』

グチュグチュと音を立てて激しく上下に扱《しご》かれ、堪えきれない嬌声《きょうせい》が零れた。背中が淫蕩《いんとう》にうねり、両脚《りょうあし》の内側がぶるぶると痙攣《けいれん》する。猥《みだ》りがましい腰の動きを、どうしても止めることができない。股間《こかん》も限界を訴《うった》え、ドクドクと脈打って──。

『も、う……っ』

ぎゅっと閉じた目蓋《まぶた》の裏側が、間近でフラッシュでも焚《た》かれたみたいに白光する。

『……あ……あ……ああ──っ』

喉を大きく仰《の》け反《ぞ》らせ、桂一は達した。先端からとぷんっと白濁《はくだく》が噴《ふ》き出る。

だが、それだけでは終わらなかった。一滴《いってき》残らず絞《しぼ》り出そうとするかのように、ラシードの手がペニスを扱いてくる。

『あ、……あぁっ……あぁっ』

『もっと出るだろ。全部出せよ』

甘く傲慢《ごうまん》な声で促《うなが》され、桂一は腰を淫《みだ》らに揺らしてすべてを出し切った。

『は……ふ……』

全力疾走《しっそう》したあとのような脱力感《だつりょくかん》に見舞《みま》われて、ぐったりとベッドに突っ伏《ぷ》す。胸をはぁはぁと喘《あえ》がせていると、肩《かた》を掴《つか》まれ、体をひっくり返された。仰向《あおむ》けになった桂一は、頭上のラシードをぼんやりと見上げる。

『よし。たっぷり出したな』

官能的な膨《ふく》らみを持つ唇が満足げに口角を上げた。獰猛《どうもう》な笑《え》みを唇の端《はし》に刻んだまま、桂一の体液で汚れた手を顔の近くに持ってきて、舌でぺろりと白濁を舐《な》め取る。その淫靡な表情に、果てたばかりの下半身がズクッと反応した。

（……最悪だ）

任務中にもかかわらず、いくつも年下の王子にいいように弄《もてあそ》ばれ、挙げ句に、その手を汚してしまうなんて……。

たとえ両手両足の自由を奪《うば》われ、為《な》すがままだったとしても、決して達してはいけなかった。

SPとしての矜持《きょうじ》を根こそぎ奪われた屈辱《くつじょく》に、唇をきゅっと食い締《し》める。

敗北感に打ちひしがれている間に、ラシードが桂一の足首に溜《た》まっていたスラックスを下着ごと脚《あし》から引き抜《ぬ》いた。膝《ひざ》を摑まれ、両脚を大きく開かされた衝撃《しょうげき》に、茫然自失《ぼうぜんじしつ》状態からはっと我に返る。とっさに膝を閉じようとしたが、ラシードの体が邪魔《じゃま》で果たせなかった。はだけたシャツ一枚で両手を後ろ手に縛《しば》られ、股《また》を大きく開かされ、局部を剝《む》き出しにされている——そんな恥《は》ずかしい自分を、ラシードの熱っぽい視線に晒《さら》される恥辱《ちじょく》に、桂一は顔を火照《ほて》らせた。

『もう……これ以上は勘弁《かんべん》してください。腕《うで》を解いてください』

羞恥《しゅうち》に震《ふる》える声で訴える。だがラシードは首を横に振り、どこかうっとりとした昏《くら》い声で囁《ささや》いた。

『まだこれからだ』

まだ……これから？

不吉《ふきつ》な宣言に背筋を戦《おのの》かせる桂一を組み敷《し》いたラシードが、ベッドのサイドテーブルに手を伸《の》ばし、抽斗《ひきだし》から何かを取り出した。プラスティックのボトルだ。ボトルの蓋《ふた》をパキッと口で開け、逆さに振り、とろりとした液体を満遍《まんべん》なく自分の手に塗《まぶ》してから、ラシードは次にその液体を桂一の股間に振りかけた。

『何を……』

『あんた、男は初めてだろ』

『……は？』

『だったら後ろを解《ほぐ》さないとな』

後ろ？　解す？

意味がわからなかった。だがラシードがジェルを塗した指で尻《しり》の狭間《はざま》をマッサージし始めるに至って漸《よう》く、彼が言うところの「後ろ」がどこを指しているのかに気がつく。さっき言っていた「まだこれから」の意味にも遅《おそ》まきながら思い当たり、こくっと喉《のど》が鳴った。

まさか……「後ろ」を使って繋《つな》がろうとしている？

すーっと血の気が引いた瞬間《しゅんかん》、尻の間の窄《すぼ》まりにぬぷっと中指を差し込まれ、ひっと悲鳴が飛び出た。

『や……やめてくださいっ』

なんとか体を捻《ひね》ろうとしたが、腰を押さえつけられているので果たせない。

『大人しくしろって。暴れると傷がつく』

いなすように言いながら、ラシードは指を小刻みに動かし続ける。なんとか押し出そうと足《あ》掻《が》いたが、ジェルのぬめりを借りて、硬《かた》い異物はどんどん奥まで入ってきてしまう。

『……う、ぁあっ』

眉《まゆ》をきつくひそめて息を詰《つ》め、肉壁《にくへき》を解すような動きに耐《た》えていると、指を二本に増やされた。その二本の指がそれぞれ角度を変え、自由奔放《ほんぽう》に蠢《うごめ》く。自分の体の中に他人の指が入っているというだけで耐え難《がた》いのに、さらに、ぐちゅっ、ぬちゅっと、耳を塞《ふさ》ぎたくなるような水音が響《ひび》いてきて、いっそう気分が悪くなった。……吐《は》きそうだ。

その後もラシードは、桂一の肩口《かたぐち》や首筋にキスしたり、髪《かみ》を撫《な》ぜたりしながら、根気強く指を動かし続ける。だがいっこうに楽になる気配はなかった。ただひたすらに苦しくて、体の中の異物が気持ち悪いだけだ。

この責め苦がいつまで続くのか。そもそもなんのために耐えているのか。

ラシードと繋がるため？

でもそんなこと、自分は望んではいない……。

混乱した思考を整理しようと懸命《けんめい》に巡《めぐ》らせていた時、体内を蠢いていたラシードの指が、とあるポイントをかすめた。とたん、桂一の腰《こし》がびくんっと大きく揺れる。

『あぁっ』

ぴりっと甘い電流が走り、桂一は高い声をあげて全身で跳《は》ねた。

『わかった。ここ、だな？』

すかさずラシードが、そのポイントを指でくいっと押す。すると、後孔《こうこう》を弄《いじ》られることで萎《な》えていた欲望《よくぼう》がぴくっと反応した。

（な……なんだ？　何が起こったんだ？）

自分の身に起きた変化に戸惑《とまど》い、眉根《まゆね》を寄せている間にも、ラシードの指がそこを重点的に責めてきて、そのたび全身がびくびくと跳ねる。自らの意志と関係なく粘膜《ねんまく》が蠕動《ぜんどう》し、先程《さきほど》まで疎《うと》んでいたはずのラシードの指に絡《から》みつき、きゅうきゅうと締めつけるのを、自分では抑《おさ》えることができなかった。

『あ……はっ……あ』

『すごい締《し》めつけだな』

感嘆《かんたん》めいた声を落として、ラシードが指を引き抜く。突然《とつぜん》の喪失感《そうしつかん》に身を震わせる桂一の前で膝立ちになって、ボトムのファスナーを下ろした。下着をずらさなくても頭が見えるほどに育った屹立《きつりつ》を片手で取り出す。

牙《きば》のように猛々《たけだけ》しいラシードの雄《おす》を目《ま》の当たりにして、顔が引きつった。

これを……入れようとしているのか？

無理だ。そんなの無理！

大きくかぶりを振《ふ》りつつ、後ろに身を退《ひ》こうとしたが遅かった。足首を摑まれ、逆にぐいっと引き寄せられてしまう。脚を無理矢理《むりやり》開かされて、ジェルで濡《ぬ》れた後孔に勃起《ぼっき》の先端《せんたん》を宛《あて》がわれた。

『ひっ……』

灼熱《しやくねつ》の塊《かたまり》をねじ込まれる衝撃に、生理的な涙が湧《わ》き上がる。

SPとしての訓練を受けた結果、大概《たいがい》の恐怖心《きようふしん》は精神力で封《ふう》じ込めることができると思っていた。痛みに強い自負もあった。だが、その桂一をしても、このシチュエーションはあまりに予想外で……。

『いっ、……痛――っ』

『力むな。力を抜け』

自身も苦しそうな表情で、ラシードが命じる。だがそう言われたからといって、すぐには対応できない。息ができないほどの痛みに身を強《こわ》ばらせる桂一の股間《こかん》に、ラシードが手を伸ばしてきた。

衝撃に萎えかけていた性器を摑み、扱《しご》き始める。

『……ん……っ』

手のひらで擦《こす》られた部分から快感が滲み出すにつれて、強ばっていた四肢《しし》からゆっくりと力が抜けた。

『……は……ふっ』

緊張《きんちょう》が少し解けたのを感じ取ったらしいラシードが、腰を揺《ゆ》すり上げながら体を進めてくる。一番太くて横に張った部分をどうにか呑《の》み込んだあとは、ジェルの滑《ぬめ》りを借りて、一気に根許まで貫《つらぬ》かれた。

『あぁっ』

『……入っ……た』

かすれた声と熱い吐息《といき》がラシードの唇《くちびる》から零《こぼ》れ落ちる。

『はぁ……はぁ』

荒《あら》い息を繰《く》り返す桂一の全身は、冷たい汗《あせ》でびっしょりと濡れていた。反して腹の中でドクドクと脈づくラシードは火傷《やけど》しそうに熱くて、内側から溶《と》かされそうだ。

(熱くて……苦しい)

胃がせり上がりそうな感覚に桂一が馴染《なじ》むのも待たずに、ラシードが急《せ》いた口調で『動くぞ』と宣言し、すぐに抽挿《ちゅうそう》が始まる。

『あっ……あっ』

ゆるやかに揺さぶられているうちに、ラシードに擦られている体の奥から、じわじわと何かが生まれてくるのを感じた。

(なんだ？　これ……)

やがて、そのうずうずとした疼《うず》きが放射状に全身に広がっていく。

初めて知る感覚に戸惑っていると、不意にぴりっと脳天まで貫くような刺激《しげき》が走った。

さっき指で擦られた時にもひどく感じた場所。

『は……あっ……あっ』

そこを硬い切っ先で抉《えぐ》られるたびに肌《はだ》がぞくぞくと粟立《あわだ》ち、喉の奥から嬌声《きょうせい》が迸《ほとばし》って、止まらない。

体の奥がジンジン疼いて——とにかく熱い。

熱くて……気持ちいい。

それを「快感」だと認識《にんしき》する間もなく、体が勝手に、たった今知ったばかりの快楽をよりいっそう深く貪《むさぼ》ろうと動く。気がつくと桂一は、抜《ぬ》き差しに合わせて、ねだるように前後に腰を揺らめかせていた。内襞が、熱い楔《くさび》をさらに奥へ迎《むか》え入れようとまとわりつく。

至近のラシードが、形のいい眉をひそめた。

『くそ……持って行かれそうだ』

苦しげな声が耳許《みみもと》に落ち、動きが激しくなる。餓《う》えた獣《けもの》のような眼差《まなざ》しで射貫《いぬ》かれたまま、腰を激しく打ちつけられ、中をぐちゃぐちゃに掻《か》き混ぜられた。出し入れのたびに結合部分からあられもない水音がくぷっ、ぬぷっと漏《も》れる。

『あっ……あっ……あ——っ』

舌を噛《か》みそうな勢いで揺さぶられ、遠慮《えんりょ》なく突《つ》き上げられて、熱い痺《しび》れが全身を突き抜ける。

体の奥が熱く疼き、そこからどろどろに溶けてしまいそうだった。

欲望も三度《みたび》勃ち上がり、とろとろと快楽の証《あかし》の蜜《みつ》を零している。射精感が急激に高まって、視界がラシードの激しさにぶれて……。

『ひ……あっ』

頭が朦朧《もうろう》として、もう、何がなんだかわからない。最後の理性も吹《ふ》き飛び、ただひたすら快感を貪る動物と化してしまう。

ラシードが手を伸《の》ばしてきて、桂一の昂《たか》ぶった欲望を握《にぎ》り込んだ。大きな手で前を扱きながら腰を叩《たた》きつけてくる。

『んっ……ん、あんっ』

前と後ろを同時に責められ、桂一は何度かの抽挿で尻上《しりあ》がりに頂上まで上《のぼ》り詰《つ》めた。

『あ……あ……あぁ――っ』

天辺《てっぺん》で極《きわ》まった直後、『うっ……』と低い呻《うめ》き声が聞こえ、ラシードもまた弾《はじ》けたのを知る。

重なり合った硬《かた》い体がびくびくと震《ふる》えた。

若い精をたっぷりと注ぎ込まれ、最奥が濡れる感覚にぶるっと胴震《どうぶる》いする。

『ふ……あ……』

絶頂の余韻《よいん》がフェイドアウトするのと入れ替《か》わりだった。苦い悔恨《かいこん》がじわじわと込み上げてくる。

……やってしまった。

取り返しのつかないことを……してしまった。

警護対象者と肉体関係を持つなんて……SP失格だ。

絶望に目の前が暗くなる。きゅっと眉間《みけん》にしわを寄せ、目蓋《まぶた》を閉じる桂一に、ラシードが顔を近づけてきた。

『……すごくよかった』

かすれた甘い声を落として、唇に唇が触《ふ》れてくる。

『……………』

気怠くくちづけを受けとめていた桂一は、体内のラシードが少しずつ力を取り戻《もど》すのを感じ、ゆるゆると目を見開いた。

焦点《しょうてん》が合わないほど間近で、ゆらめく「熱」を湛《たた》えた碧《あお》い瞳《ひとみ》を認める。

『でも……まだ足りない』

(嘘《うそ》……だろう?)

驚異《きょうい》の回復力に呆然《ぼうぜん》としている間に、ラシードが動き出した。達したばかりで過敏《かびん》になっている中をずくりと擦り上げられ、思わず『あぁっ……』と嬌声が零れる。

『今度はあんたをじっくり味わう』

耳許の宣言に顔を強ばらせたが、腕《うで》をネクタイで縛《しば》られ、しかも挿入《そうにゅう》されている状態では、逃《のが》れることもできない。

抗《あらが》う猶予《ゆうよ》も与《あた》えられず、桂一はラシードの尽《つ》きぬ欲望《よくぼう》の波に呑み込まれていくしかなかった。


二度目のセックスのあと、どうやら気を失ってしまったらしい。

　ここ数日の睡眠不足《すいみんぶそく》も祟《たた》り、そのまま昏々《こんこん》と眠《ねむ》り続けた桂一は、明け方にふっと目を覚ました。

　一瞬《いっしゅん》、ここがどこで、何がどうなったのかもわからず、薄闇《うすやみ》の中でパチパチと目を瞬《しばた》かせる。

（な……に？　ここ……どこだ？）

　自分が横になっているのはわかる。体の側面が触れているやわらかい感触《かんしょく》からして、ちゃんとベッドに寝《ね》ているようだ。視界がいまいちはっきりしないのは、眼鏡《めがね》を外しているせいだろう。

　頭の芯《しん》が鈍《にぶ》く痺れて、まるで頭蓋骨《ずがいこつ》の中に鉛《なまり》でも詰め込まれたみたいに、どんよりと重い。

「…………」

　横たわったまましばらくじっと動かずに、澱《よど》んだ頭に血が巡《めぐ》り始めるのを待っていると、首筋にかかる吐息を感じた。やけに背中が熱いと思ったが、誰《だれ》かの体が密着しているらしい。

　桂一はおそるおそる首を捻《ねじ》り、横目で背後を窺《うかが》った。

　エキゾティックな美貌《びぼう》のアップが視界の片隅《かたすみ》に映り込む。

　ラシード！

　一国の王子と同じベッドに寝ているという衝撃《しょうげき》の事実に、桂一は息を呑んだ。

　枕《まくら》に顔を半分埋《うず》め、桂一の腰《こし》を抱《だ》き込むようにして、王子は眠っていた。金色の髪《かみ》は鈍い煌《きら》めきを湛えて額にかかり、閉じられた目蓋を縁取《ふちど》る長いまつげが規則的に揺《ゆ》れている。呼吸に合わせて、剝《む》き出しの褐色《かっしょく》の肩《かた》もかすかに動いていた。

その無防備な、安心しきった寝顔《ねがお》を見つめているうちに、昨夜の記憶《きおく》が徐々《じょじょ》に蘇《よみがえ》ってくる。

できることならば思い出したくなかった狂乱《きょうらん》の夜の記憶が――。

自分は昨日、ラシードと寝たのだ。

酔《よ》ったラシードに押し倒《たお》され、求められるがままに流されて……その愛撫《あいぶ》によがり乱れた。

しかも、同性とのセックスは初めてであったにもかかわらず、後ろで感じて、何度も達してしまった。

生々しい情事の記憶が脳裏《のうり》に蘇るにつれ、顔がじわじわと火照《ほて》ってくる。嫌《いや》な汗が全身の毛穴から噴《ふ》き出てきて、桂一はデュペの中の両手をぎゅっと握り締《し》めた。

(考えられない)

どうかしていたとしか思えない。昨日の自分は絶対におかしかった。正気じゃなかった。魔《ま》が差したとしか言いようがない。

できることなら、夢であって欲しい。

だが、膿《う》んで熱を持ったような全身の気怠さと腰《こし》の奥の鈍い痛み、いまだ硬い何かが挟《はさ》まっているような違和感《いわかん》が、夢ではないと告げている。

(夢じゃない)

絶望的な気分で、その事実を噛み締める。自分は本当にラシードとセックスしたのだ。

同性で、警護対象者で、王子であるラシードと。

職務中にVIPと寝るなんて、断じてあってはならないタブー中のタブーだ。

こんなことが上に知れたら、無論降格は免《まぬか》れない。SP記章も剝奪《はくだつ》され、下手《へた》をすれば懲戒《ちょうかい》免職《めんしょく》もあり得る。

自分がしでかしてしまった取り返しのつかない失態と、この先の展開を思うほどに、ずぶずぶと気持ちが沈《しず》み、目の前が紗《しゃ》がかかったように暗くなる。

自制心には自信があったのに、なんでこんなことに……。

なぜ？　傷ついたラシードに同情したのか？

（同情？）

同情で男と寝るのかと自分に改めて問い質《ただ》してみても、わからないという答えしか出てこなかった。

もしかして、自分では気がつかなかっただけで、実は男が好きな質《たち》だったのだろうか。

過去の乏《とぼ》しい恋愛経験はもちろん女性とのものだったが、相手から告白されてつきあい始め、どれも長続きせずに終わってしまった。それでもさして不自由を感じない自分は、ただ恋愛《れんあい》ごとに淡泊《たんぱく》なだけだと思い込んでいたが……。

二十七年間、信じて疑わなかった「自分」というものが根底からぐらぐらと揺らぐ不安に、桂一は顔を歪《ゆが》めた。

（わからない……わからない）

混乱する思考の中で、ただひとつ、はっきりしていることがある。

ラシードにとっては、酔った挙げ句の一夜の戯《たわむ》れでしかない——ということだ。

——だったら……あんたが女の代わりに慰《なぐさ》めろ。

リフレインしてきた昨夜のラシードの傲慢《ごうまん》な台詞《せりふ》に、ズキッと胸が痛む。

享楽《きょうらく》主義者でモラルのハードルの低いラシードにとって、昨日の自分は、女の代用品でしかない。あのキスにも、縋《すが》るようだった抱擁《ほうよう》にも深い意味などない。むしゃくしゃしていた時に、たまたま近くに自分がいたから、憂《う》さ晴《ば》らしに手を出したに過ぎない。

そもそも前後不覚なほどに酔っていたのだ。今朝目が覚めたら、もう昨夜のことなど忘れてしまっているかもしれない。

「…………」

坂道を転がるようにどんどんマイナスのベクトルへ傾《かたむ》く思考を、桂一はなんとか堰《せ》き止めようと奥歯を食い締めた。胸を塞《ふさ》ぐ重苦しい沈鬱《ちんうつ》を逃すために、息を細く吐《は》く。

（とにかく……ラシードが起きる前にベッドを出よう）

ここで落ち込んでいても埒《らち》が明《あ》かない。

自分の寝室《しんしつ》に戻って、シャワーを浴びて、今後どうすべきかはそのあとで考えよう。

どうにか気持ちを切り換《か》え、寝ているラシードを目覚めさせないよう慎重《しんちょう》に、そろそろと体を起こす。上半身を起こしてから、腰に置かれている褐色の腕をそっと持ち上げた瞬間《しゅんかん》、その腕がぴくりと動いた。

「………っ」

（しまった。……起きた？）

『………ん』

桂一が息を詰《つ》めて見守る先で、眉間《みけん》にしわを寄せたラシードが、ぴくぴくと目蓋《まぶた》を蠢《うごめ》かす。

やがて、ゆるゆると目蓋が持ち上がり、碧い瞳が現れる。

まだどこか焦点が覚束《おぼつか》ない目と目が合い、桂一はフリーズした。

なんであんたがここにいるんだ？――そう咎《とが》められることを覚悟《かくご》して、強《こわ》ばった顔つきで第一声を待っていると、少しの間桂一をぼんやりと見上げていたラシードが、口許《くちもと》をふわりと綻《ほころ》ばせた。

（え？）

わ……笑った？

蕩《とろ》けるような微笑《ほほえ》みに面食《めんく》らい、瞠目《どうもく》している間にラシードの手が伸《の》びてきて、桂一の腕を掴《つか》む。ぐいっと引かれ、不意を衝《つ》かれた体が傾いた。

「うあっ」

ラシードの胸に倒れ込むやいなや、抱き込まれたまま、くるりと身を返される。両腕《りょううで》をシーッに押しつけられた状態で、桂一はラシードを見上げた。自分を組み敷《し》き、まっすぐと見下ろす碧《あお》い瞳《ひとみ》は、うっすら「熱」を帯びている。

寝起《ねお》きらしからぬ熱っぽい眼差《まなざ》しを浴びて、桂一は内心で狼狽《うろた》えた。

この体勢でそんな目つきで見られると、昨夜のことを思い出してしまう。

頭上の美しい男によって無理矢理《むりやり》に目覚めさせられた未知の官能や、彼と交《か》わした淫《みだ》らで激しい情交を。

おまけに今は、お互《たが》い一糸まとわぬ全裸《ぜんら》だ。

下半身の密着した部分から、ラシードの常人よりやや高めの体温がじわじわと伝わってきて、だんだん落ち着かない気分が募《つの》ってくる。胸のざわめきを持て余し、桂一はおずおずと口を開いた。

『あの……殿下《でんか》』

手を放してくださいと乞《こ》いかけた台詞を遮《さえぎ》るように『ラシードだ』と、かすれた声が落ちる。

『……え？』

『尊称《そんしょう》は要《い》らない。ふたりでいる時はラシードでいい。俺もあんたをケイって呼ぶから』

「ケイ」って……名前を覚えていたのか。

呼びかけはいつも「あんた」で、名字も下の名前も一度もまともに呼ばれたことがなかったので、てっきり覚えていない——端《はな》から覚えるつもりもない——のだと思っていた。

驚《おど》きつつも、桂一は首を横に振《ふ》る。

『そ……そういうわけにはいきません』

桂一の拒絶《きょぜつ》に、ラシードがむっと眉根《まゆね》を寄せた。

『あんた、俺の護衛だろ？　だったら俺の言うことを聞けよ』

『しかし……』

友達でも同僚《どうりょう》でもないのに呼び捨てにはできない。ラシードと自分では立場が違《ちが》うのだ。いくらふたりでいる時限定と言っても、気持ちの問題だ。

『やはりそれはできませ…』

『ケイ』

不意打ちのように、甘くかすれた声が耳に届き、ドキッと心臓が跳《は》ねる。

『ケイ……ケイ』

繰《く》り返し名前を呼ばれ、胸の奥から何かがとろりと溢《あふ》れ出てくる。

こんなふうに、慈《いつく》しむような、甘みを含《ふく》んだ声で名前を呼ばれたのは初めてだった。

今まで誰《だれ》も、こんなふうには自分を呼ばなかった。

（なんだ？　この……甘苦しいような気分は……）

心臓がトクトクと早鐘《はやがね》を打ち、胸が締めつけられるみたいに苦しくて……落ち着かない。

眉《まゆ》をうっすらひそめ、自分でも初めて知る感情を訝《いぶか》しんでいると、ゆっくりと身を沈めてきたラシードが、桂一の唇《くちびる》に唇で触《ふ》れた。しっとりと熱を帯びた感触《かんしょく》に包まれ、ぴくっと肩《かた》が震《ふる》える。

キス？

さすがにもう酔《よ》いも醒《さ》めたはずなのに……なんでまたキス？

戸惑《とまど》いに両目を瞠《みは》る桂一から、名残惜《なごりお》しそうに唇を離《はな》したラシードが、うっとりと囁《ささや》くような声で囁く。

『昨日のあんた……すごく感じやすくて……最高だった』

とても男に対する誉《ほ》め言葉とは思えない台詞に、カーッと顔が熱くなった。ひどく乱れた自覚があるだけに、居たたまれない。

『あんたはどうだった？　少しはよかったか？』

(言えない。そんなこと)

自分を見失うほどに気持ちよかったなんて、口が裂《さ》けても言えなかった。

答えずにいると、肉感的な唇をにっと横に引かれて、いよいよ顔が火照《ほて》る。

『まぁ……気を失うくらいにはよかったってことだよな』

どうやらラシードは、昨夜の一部始終を覚えているようだ。

その上で、まだこんなふうに自分に構ってくるのはなぜなんだろう。

昨夜のあれは、酔った上での気まぐれじゃなかったのか？

『……そんな色っぽい顔するなよ』

急にラシードが顔をしかめる。

『駄目《だめ》だ。こうやってると……またあんたが欲しくなる』

言葉どおりに欲情《よくじょう》を孕《はら》んだ囁きに、桂一はぴくっと身を震わせた。

(な……んで?)

素面《しらふ》になってもまだ自分を欲しがるラシードが理解できず、困惑《こんわく》が募ったが、朝だからかもしれないと思い直す。深い意味はなく、男の生理的な欲求《よっきゅう》だろう。なんといってもラシードはまだ若い。

『でもさすがに昨日の今朝じゃ、あんたもキツいだろうしな』

ふーっとため息を吐いたラシードが身を起こし、ごろっと反転して、ベッドにあぐらを掻《か》く。

解放されてほっとした。正直なことを言えば桂一自身も、密着した下半身が今にも反応してしまいそうで、気が気ではなかったからだ。

気を紛《まぎ》らわせるみたいに黄金の髪《かみ》を雑に掻き上げたラシードが、上半身を起こした桂一に
『体はどうだ?』と尋《たず》ねてきた。

『腕《うで》は痛むか?』

問われて、腕を動かしてみる。付け根にぴりっと痛みが走った。

『……少し。でも、任務に支障が出るほどではありません』

『そうか。よかった』

ほっとしたような声を出したラシードが、首を捻《ひね》って視線を向けてくる。

『昨日は無理をさせてすまなかった』

『………っ』

ラシードが——謝った？　傍若無人《ぼうじゃくぶじん》が代名詞の、わがまま王子が⁉

あまりにびっくりして、とっさには声が出なかった。

『ネクタイで縛《しば》ったのはやり過ぎだった』

それは……でも、本気で抗《あらが》わなかった自分も悪い。

それに、二度目の途中《とちゅう》で手の拘束《こうそく》を解かれたあとも、自分は逃《に》げなかった。それどころか積極的にラシードの愛撫《あいぶ》を受け入れ、あまつさえ「もっと」とねだるような真似《まね》までして……。

昨夜の自分の痴態《ちたい》が蘇《よみがえ》ってくるにつれて、腰《こし》のあたりがじわりと疼《うず》くのを感じ、桂一はあわてて口を開いた。

『殿下……』

ラシードの顔が険しくなるのを見て『ラシード』と言い直す。

『私はサクルが来る前に部屋に戻《もど》ります』

『そうだな』

うなずいたラシードがベッドから降り立ち、見事な褐色《かっしょく》の裸体《らたい》を惜しげもなく晒《さら》して衝立《ついたて》に歩み寄った。衝立に掛《か》かっていたバスローブを羽織ったラシードがパウダールームに消え、ほどなくもう一枚別のバスローブを手に戻ってくる。

『これを着ろ』

ラシードが投げて寄越《よこ》したバスローブを、桂一は素肌《すはだ》に羽織った。合わせを閉じ、腰の紐《ひも》をきゅっと縛る。次にサイドテーブルから眼鏡《めがね》を摑《つか》んでかけた。やっと視界がクリアになる。

『立てるか？』

『立てます』

淀《よど》みなく答えたものの、実際に立ち上がって歩き出すと、腰にずきっと鈍《にぶ》い痛みが走り、桂一はうっと息を詰《つ》めた。

『大丈夫《だいじょうぶ》か？』

桂一の様子を見守っていたらしいラシードから声がかかる。

極力平静を装って『大丈夫です』と答え、酷使《こくし》した下半身を庇《かば》いながら数歩歩き、床《ゆか》に散在している衣類を拾い上げようと腰を折り曲げた時だった。

脚《あし》の間をつーっと液体が滑《すべ》り落ちる感覚に、「あっ」と声が出る。続けて生あたたかいものが太股《ふともも》の内側を伝い落ちてきて、思わず前屈《まえかが》みになった。

（何？……なんだ？……あっ）

昨夜、ラシードが自分の中に出したものだと気がついた瞬間《しゅんかん》、顔が火を噴《ふ》く。

『どうした？』

歩み寄ってきたラシードが、桂一の真っ赤な顔を覗《のぞ》き込んだ。

『な……なんでもありませんっ』

激しく狼狽《ろうばい》する桂一の、前屈みの不自然な体勢を一瞥《いちべつ》したラシードが、『ああ』と状況《じょうきょう》を察したような声を出す。

『俺のが流れ出たのか。そういや昨夜は避妊《ひにん》具をつける余裕《よゆう》もなかった』

『……………っ』

身の置き場がない気分で俯《うつむ》く桂一の後ろにラシードが回り、腕の下と膝《ひざ》の裏に腕を差し入れたかと思うと、ひょいっと抱《だ》き上げた。

『何をするんですかっ』

初夜の花嫁《はなよめ》よろしく横抱《よこが》かえにされて、パニックに拍車《はくしゃ》が掛かる。昨夜も相当に恥《は》ずかしい格好をあれこれとさせられたが、これはこれでたまらなく恥ずかしかった。

『ラシード！　降ろしてください！　ラシード！』

『暴れるなって。落ちるぞ』

桂一の懇願《こんがん》を軽くあしらったラシードが、『パウダールームまで運んで、ついでに俺が処理してやる』と耳許《みみもと》に囁く。とんでもない発言に、赤くなるのを通《とお》り越《こ》して青くなった。

『け、結構です！』

『遠慮《えんりょ》するな。自分で出したものは自分で後始末しないとな』

言うなりラシードがにやっと笑う。返す言葉を失った桂一を軽々と抱《だ》きかかえ、揺《ゆ》るぎない足取りで歩き出した。


結局、抱っこでシャワーブースに連れ込まれ、バスローブを脱がされて、後ろに立ったラシードに、まだじくじくと疼く「そこ」を指で掻き回《まわ》された。タイルに手をつき、残滓《ざんし》を掻き出すような指の動きに耐《た》えているうちに、だんだんと前が反応してきてしまい……。

『感じてきた？』

それをラシードに勘《かん》づかれ、勃《た》ち上がった欲望《よくぼう》を大きな手でぬるぬると扱《しご》かれた。すっかり感じやすくなってしまった胸も弄《いじ》られ、上と下を同時に嬲《なぶ》られる刺激《しげき》に、声が止まらなくなる。

『あっ……あぁ……ッ！』

あられもない声を発し、ビクビクと全身を震わせ、桂一はタイルに白濁《はくだく》を飛び散らせた。

『あんたの色っぽい声聞いてたら、俺も……こんなだ』

腕を取られて後ろに導かれ、猛《たけ》った熱い欲望に触れさせられる。

『口で……いいか？』

ひとりで先に達した負い目も手伝い、拒《こば》めなかった。乞《こ》われるがままにラシードの欲望を口に含《ふく》み、愛撫する。初めての経験だったが、拙《つたな》いなりに懸命《けんめい》に舌を使い、口全体を使ってシャフトを扱き、どうにか昂ぶった雄《おす》を解放へ導いた。

精液を呑《の》みきれずに咽《む》せたし、自分でも呆《あき》れるほど下手《へた》だったのに、ラシードはなぜか満足そうだった。『すごくよかった』と囁《ささや》いて、桂一の頬《ほお》や頭を労《ねぎら》うように撫《な》ぜた。

お互《たが》いの欲望を散らしたあとは、降り注ぐシャワーの中で抱き合い、何度もキスをして――。

思い出すだけで顔が火照《ほて》り、気が遠くなる。

(……馬鹿《ばか》)

なんで流されてしまうんだ。なんで拒みきれないんだ。

頭ではいけないとわかっているのに、求められると拒めない。あとで死ぬほど後悔《こうかい》するとわかっているのに。

ラシードのほうも、てっきり一夜の気まぐれかと思っていたが、当面飽《あ》きるまでは桂一を構うつもりらしい。

旅先の気晴らしか、もしくは毛色の変わった新しいオモチャを手にした子供の心境か。

「……ふぅ……」

姿見の前で怠い腕を持ち上げ、のろのろとネクタイを結びながら、桂一は重苦しいため息を吐《は》いた。

警護対象者と肉体関係を持ったことだけでも充分《じゅうぶん》にダメージが大きいのに、なおさら一夜の過《あやま》ちですまなくなったことで、ますます苦悩《くのう》が深まった。

(どうしよう)

この先、どうすればいいんだ。

頭の中で答えの出ない疑問符《ぎもんふ》をぐるぐる回していると、主室のドアがガチャッと開く音が聞こえてきた。きっとサクルだ。サクルはこの部屋のスペアキーを持っている。

ネクタイのノットをきゅっと締《し》め、ジャケットを羽織った桂一は、自分用に与《あた》えられた寝室《しんしつ》を出ようとして、ふと足を止めた。ホテル側にも昨日から桂一がこの部屋に泊《と》まり込むことは知られているので、清掃《せいそう》担当者に不審《ふしん》がられないよう、昨夜使わなかったベッドのカバーを外し、寝具《しんぐ》を適度に乱す。

小細工を施《ほどこ》してから寝室から出ると、新聞を片手に持ったサクルが主室に入ってくるところだった。

『おはよう』

桂一の挨拶《あいさつ》にサクルがうなずく。

『昨夜は特に問題はなかったか?』

低音で問いかけられ、ドキッと心臓が跳《は》ねた。

昨夜、桂一とラシードの間に起こったことをサクルは知らない。知る由もない。

わかっていても罪悪感が込み上げてきて、浅黒い顔をまっすぐ見ることができず、桂一は視線を逸《そ》らし気味に『特に……何も』とつぶやいた。

『そうか。ラシード様は？』

『まだ寝《ね》ている』

シャワーをふたりで浴びたあと、ラシードは『もう少し寝る』と言って、自分の寝室に戻《もど》っていった。あれから一時間ちょっと経《た》つが——。

サクルとふたりでコーヒーの準備をしていると、寝室のドアが開き、ローブ姿のラシードが出てきた。その姿を見ただけで、心臓が早鐘《はやがね》を打ち始めるのを必死に抑《おさ》え、桂一は努めて平静な声を出した。

『おはようございます』

『おはよう——ケイ』

馴《な》れ馴れしい呼びかけに肩《かた》が揺れた。サクルが不思議そうな顔をしているのを横目で見て、焦燥《しょうそう》が募《つの》る。

(何かあったと勘づかれたらどうするんだ！)

だが、桂一の狼狽などどこ吹《ふ》く風《かぜ》と、ラシードは機嫌《きげん》のいい顔で『一緒《いっしょ》に朝食を食べよう』と誘《さそ》ってきた。断る理由が見つからず、仕方なくテラスに用意されたテーブルで向かい合って朝食を摂《と》る。

その食事中も、正面からのラシードの視線を常に感じて落ち着かなかった。気がつくとラシードが食事の手を止め、こちらをじっと見ているのだ。

意外にも……体の関係ができた相手には、人目をはばからずにベタベタするタイプなんだろうか。

あまりにも露骨《ろこつ》な視線に閉口した桂一は、小声で『殿下《でんか》』と呼びかけた。

『ラシードだ』

すかさず訂正《ていせい》され、喉元《のど》まで迫《せ》り上がってきた嘆息《たんそく》を呑み下《くだ》す。

『……ラシード。あまりじろじろと見ないでください。サクルに疑われます』

『サクルのことは気にするな』

『そうは言っても……気になります』

傲慢《ごうまん》な美貌《びぼう》を上目遣《うわめづか》いに睨《にら》みつけた時、腰《こし》のホルダーの携帯《けいたい》が震《ふる》え出した。ホルダーから引き抜《ぬ》いた携帯のディスプレイに【伊達】という表示を見た桂一は、昨夜署に定期連絡《れんらく》を入れるのを忘れていたことを思い出し、あわてて腰を浮《う》かす。

『上司からの連絡ですので失礼します』

そうラシードに断り、席を立った。

主室を横切ってドアを開け、人気のない廊下《ろうか》に出て、通話ボタンを押す。

「東堂です。すみません、昨夜はバタバタしていて、連絡が入れられませんでした」

『ラシード殿下とナウファル閣下が病院で揉《も》めたらしいな』

「はい。結局、父親に会うことなく、ホテルに引き返してしまいました」

『こちらとしてはできるだけ早く国王の見舞《みま》いを済ませ、つつがなく帰国の途《と》について欲しいところだが……。ところで本日、三男のリドワーン殿下が来日するが、殿下はナウファル閣下と同宿なので、四係が警護につくことになった』

「了解《りょうかい》しました」

『そっちはどうだ？　王子の相手は？』

何気ない口調の問いかけにドキッとした。もちろん、そういう意味じゃないと頭ではわかっている。こちらに疚《やま》しいところがあるから、そう聞こえるのだ。

トクトクとうるさい鼓動《こどう》を押さえつけるために、汗《あせ》ばんだ手でぎゅっと携帯を握《にぎ》り締めながら、ふと思った。

拒むことができないのなら……物理的な距離《きょり》を置くべきなのかもしれない。

しばらく逡巡《しゅんじゅん》したのちに、桂一はたった今頭に浮かんだ考えを言葉にした。

「任務の途中《とちゅう》ですが、ラシード殿下の警護を、別の課員に変わってもらうことはできないでしょうか」

『どういうことだ？』

伊達が怪訝《けげん》な声を出す。

「今回の任務は私には荷が重いです。殿下を御《ぎょ》しきれていない気がします。もっとキャリアのある課員のほうが……」

『弱音を吐くなんておまえらしくないな。歌舞伎町《かぶきちょう》の一件を気にしているのか？　あれに関しては、おまえはベストな対応をしたと俺は思っている。それにラシード殿下も、自分の部屋に迎《むか》え入れるほどにおまえを気に入っている。この件に関しては、おまえ以上の適任はいないよ』

「………」

『それとも他《ほか》に何か事情があるのか？』

本当のことは言えない。言ったら……自分のSP生命は終わりだ。

「いいえ……ありません」

『アシュラフ殿下はものわかった大人で、リドワーン殿下は生真面目《きまじめ》。三兄弟の中で一番ラシード殿下の警護が厄介《やっかい》なのはわかっている。だが、それもそう長い間じゃない。もう少しだけがんばってくれ』

宥《なだ》め賺《すか》すような伊達の言葉に、桂一は力なく「……はい」と答えた。

これで退路は断たれた。もはやラシードの警護を最後まで全《まっと》うするしかない。

憂《うれ》い顔《がお》で携帯をホルダーに仕舞《しま》った直後、右手にあるドアがガチャッと開いた。黒いスーツを着た長身の男性が廊下に出てくる。彫《ほ》りの深いその横顔に背筋を伸《の》ばし、桂一は一礼した。

『おはようございます、アシュラフ殿下』

アシュラフも桂一を認め、にこやかに『おはよう』と返してくる。

ひとり——ということは、菅沼はまだ到着《とうちゃく》していないらしい。

『ラシードの部屋に顔を出そうと思っていたところだ。もう起きているか？』

『はい、三十分ほど前に起きられて、今朝食を食べていらっしゃいます』

答えた桂一がラシードの部屋をノックすると、中から苛立《いらだ》った声が返ってくる。

『誰《だれ》だ？』

『私です。東堂で…』

みなまで言い切る前に、待ち詫《わ》びていたかのようにドアが開いた。開いたドアの向こうに憮《ぶ》然《ぜん》とした顔つきのラシードが立っているのを見て、面食《めんく》らう。

『いつまでしゃべってんだよ？　紅茶冷めちゃっただろ』

『す……すみません』

『一緒にメシ食ってる時くらい、仕事を忘れろよ』

腰に手を当てて文句を垂れていたラシードが、桂一の背後に立つアシュラフに気がついた。

『アッシュ……なんだ、いたのか』

バツの悪そうな表情をした弟に、兄が鷹揚《おうよう》に笑いかける。

『朝食は終わったか？』

『まだ途中だけど』

『俺はこれからリドワーンを迎えに行き、そのまま病院へ向かうが、おまえはどうする？』

渋《しぶ》い顔で兄の視線を受け止めていたラシードが、やがて低く声を落とした。

『俺は行かない』

その返答は織り込み済みといった半ば諦《あきら》めの面持《おもも》ちで、アシュラフが『そうか』とつぶやく。そのあと少し、何かを思案するように双眸《そうぼう》を細めていたが、『ラシード』と弟を呼んだ。

『彼を少し借りてもいいか？』

『ケイを？』

『ああ、ふたりで話がしたいんだ』

ラシードが眉間《みけん》に縦筋を刻む。不服そうなその顔に、アシュラフは『五分ほどで返す』と言い添《そ》えた。

『殿下、先に食べていらしてください。お話が終わり次第《しだい》にすぐに行きますので』

アシュラフと桂一の顔を交互《こうご》に眺《なが》めていたラシードが、これ以上抵抗《ていこう》しても無駄《むだ》だと覚《さと》ったのか、渋々《しぶしぶ》と『……わかった』とうなずく。

『ケイ、なるべく早く来いよ』

それでも最後にそう釘《くぎ》を刺《さ》し、テラスのテーブルに戻っていった。まだどこか不満げな後ろ姿を目線で追って、アシュラフが苦笑《くしょう》混じりの低音を落とす。

『またずいぶんと懐《なつ》いたもんだな。山猫《アルマク》と渾名《あだな》され、滅多《めった》に他人に懐かないラシードを数日であそこまで手なずけるとは、大したものだ』

感嘆《かんたん》めいた言葉に、桂一は『そんなことは……』と言葉を濁《にご》した。

懐いているというよりは、新しいオモチャを横取りされたくない子供だと思ったが、実の兄には言えずに俯《うつむ》く。

『ここで立ち話もなんだ。中に入って座ろう』

誘《さそ》われて部屋の中程《なかほど》まで進んだ桂一は、アシュラフと向かい合わせにソファに腰を下ろした。

『お話とはなんでしょうか』

桂一の促《うなが》しにも、アシュラフは少しの間黙《だま》っていたが、おもむろに告げる。

『父はもう長くはないだろう』

『………っ』

目の前の沈痛《ちんつう》な表情を、桂一は息を詰《つ》めて見つめた。そんな大切なことをなぜ自分に？　という疑問が湧《わ》いたが、内容がシリアスなだけに話の腰を折ることは憚《はばか》られた。

『限りあるその命を少しでも長らえるために、こうして日本に来て治療《ちりょう》を施《ほどこ》してはいるが……父も自分の死がそう遠くないことを覚っている』

（……そうだったのか）

『自らの死期を覚った父にとって、現在もっとも大きな懸案事項《けんあんじこう》は、次期国王の座を誰に引き継《つ》ぐかという問題だろう』

『……はい』

『知っているかどうかわからないが、マラークにおいては、次期王は現王の指名によって決まる』

『存じ上げております』

『俺は……次の王にはラシードが相応《ふさわ》しいと思っている』

アシュラフの思いがけない発言に、桂一は瞠目《どうもく》した。

ラシードが次期国王に相応しい？

あの、奔放《ほんぽう》を絵に描《か》いたようなわがまま王子が⁉

内心の驚《おどろ》きが顔に出ていたのだろう。アシュラフが『意外そうだな』と言った。

『あ……いいえ』

『無理をしなくていい。あんたがそう思うのも当然だ。あいつの素行に問題があることは俺も否定しない。マラークでもあいつの評判は最悪だからな。もしラシードが指名を受ければ、国民の大半が反対するだろう。だが俺は、ラシードが王位継承《けいしょう》者の中で一番、人の上に立つ資質に優《すぐ》れていると思っている。カリスマ性とでも言うのか……子供の頃《ころ》からラシードには特別な輝《かがや》きがあった。頭の回転も速く、何にも物怖《ものお》じしない大胆《だいたん》な性格も兼《か》ね備《そな》えている』

たしかに、言われてみればそうかもしれない。

中でも、ただそこに立つだけで人々の注目を一身に集めるカリスマ性に関しては、努力では得難《えがた》い天賦《てんぷ》の才と言えるだろう。

『初めは反発もあるだろうが、あいつが本来の力を発揮すれば、いずれ国民も納得《なっとく》するに違《ちが》いない。父も、本心ではラシードの王としての資質を認めているはずだ。父の指名を受けるためにも、ラシードには父のもとを訪《おとず》れて和解して欲しいんだが』

そこで言葉を切り、アシュラフは桂一をまっすぐ見据《みす》えた。

『ラシードはあんたに懐いているようだ。ナウファルの件で意固地になっている今、身内より、却《かえ》って部外者の意見を聞き入れる可能性もある。あんたから病院へ行くように説得してもらえないだろうか』

『私が……ですか？』

戸惑《とまど》いの声を出す桂一に、アシュラフが首を縦に振《ふ》る。

『欲しいと思ったものはなんでもすぐ手に入れてきたせいか、あいつは今まで人にも物にも執《しゅう》着《ちゃく》を見せなかった。そのラシードが、あんたには格別のこだわりを見せる。ラシードにとって、あんたは特別な存在であるように俺には思える』

自分がラシードにとって特別な存在？

桂一は心の中で眉《まゆ》をひそめた。

とてもそうは思えない。現に少し前までは邪魔《じゃま》者扱《ものあつか》いだった。

今は少し態度が改まったとはいえ、それもただものめずらしいだけだ。どうせすぐに飽《あ》きる……。

『すみません……私でお力になれるのならばなりたいのですが、ラシード殿下《でんか》が私の説得を聞き入れてくださるとはとても思えな……』

『頼《たの》む』

突然《とつぜん》、目の前の男に頭を下げられて、桂一はぎょっと目を剝《む》いた。アラブの王族に頭を下げさせてしまったという事実に動転し、嫌《いや》な汗《あせ》がどっと噴《ふ》き出る。

『お顔を上げてください！　お願いですから、殿下！』

身を乗り出し、上擦《うわず》った声で懇願《こんがん》すると、アシュラフが顔を上げた。

『では、頼まれてくれるか？』

間髪容《かんはつい》れずに畳《たた》みかけられ、うっと詰まる。

『…………』

この人は、案外したたかで人が悪いんじゃないだろうか。

胸に疑惑《ぎわく》が浮《う》かんだが、アシュラフは至って生真面目《きまじめ》な顔つきで桂一の返答を待っている。

断れば、再度頭を下げられてしまうことは想像に難くなかった。

アシュラフの主張が正しく、もしラシードが最も王に相応しいのならば、マラークのためにも彼が次の王になるべきだと自分も思う。

それに……このまま顔を合わせないままに、もし国王が亡《な》くなるようなことにでもなったら、絶対にラシードは後悔《こうかい》する。

何よりもその思いに押《お》され、桂一は『……わかりました』と言った。

『引き受けてくれるか？』

確認《かくにん》の声に躊躇《ためら》いつつもうなずく。

『がんばってみます』

アシュラフがその浅黒い顔に安堵《あんど》の笑《え》みを浮かべた。

『ありがとう』

7

その日、ラシードは日中どこにも出かけず、昼もホテルの中のレストランで済ませ、ほぼ一日ライティングデスクの前に向かって何かを書いたり、調べ物をしたり、本を読んだりして過ごした。

ラシードに、『じっとしているのも暇《ひま》だろ？　あんたも自分の仕事してもいいよ』と言ってもらえたので、桂一も自分のノートパソコンを開く。ここ数日の間にメールのレスポンスや書類仕事が溜《た》まっていたので、そう言ってもらえるのは大変ありがたかった。

それに、腰《こし》がまだ痛かったので、あまり動かずに済むのは正直とても助かる。まさか自分の体を気遣《きづか》って、ラシードが出歩かないわけではないと思うが。

自分の膝《ひざ》の上に置いたパソコンを操作しながら、時折、ライティングデスクのラシードの様子を窺《うかが》う。一度集中し出すと、周りの雑音はシャットアウトされてしまうらしく、ラシードは一心不乱にキーボードを打っている。

（いつ、切り出そうか）

一方、桂一の頭の片隅《かたすみ》には、仕事をこなしている間も絶えず、アシュラフとの約束が居座っていた。

——欲しいと思ったものはなんでもすぐ手に入れてきたせいか、あいつは今まで人にも物にも執着を見せなかった。そのラシードが、あんたには格別のこだわりを見せる。ラシードにとって、あんたは特別な存在であるように俺には思える」

ラシードにとって自分が特別な存在というアシュラフの見解は、いまだぴんとこないけれど。引き受けてしまった以上は、王族との約束を破るわけにはいかない。

だが、こと「父親の見舞《みま》い」に関しては手負いの山猫《やまねこ》さながらにナーバスなラシードに、どのタイミングで切り出せばいいのか、なかなか間合いをはかるのが難しかった。

以前、なぜ病院へ行かないのかを尋《たず》ねた時も『余計な口を挟《はさ》むな』とぴしゃりと拒絶《きょぜつ》されたし、昨日は父親を見舞うべきだと進言したとたんにキレた。この話題がラシードの地雷《じらい》だとわかっているだけに、慎重《しんちょう》にならざるを得ない。

言い方ひとつで、ことによってはラシードがますます臍《へそ》を曲げてしまう可能性だってある。

あれこれ考えているうちに、本当に自分なんかに頑《かたく》ななラシードの心をほぐし、説得することができるのだろうかという気後《きおく》れが込み上げてきて、鬱々《うつうつ》としてくる。

(難しい)

引き受けなければよかったという後悔も胸を過《よ》ぎらなくはなかったが、やはりこのままでいいとは思えない。王位継承者指名の件をさて置くとしても、死期の近い父親には会うべきだ。

結局、午後は部屋から一歩も出ず、ラシードとサクルと三人で部屋の中で過ごした。

六時頃《ごろ》にアシュラフがホテルに戻《もど》ってきて、ラシードを夕食に誘《さそ》った。ふたりでカーサのイタリアンレストランで食事を摂《と》ることになり、サクルと桂一、そして菅沼は、兄弟が向かい合うテーブルから少し離《はな》れた四人がけのテーブルに座る。

食事の間も様子が気になって、ちらちらと兄弟が向かい合うテーブルを窺っていたが、どうやらあまり会話は弾《はず》んでいないようだった。アシュラフは年長者らしい気遣いで、あれやこれやと弟に話しかけているが、対するラシードのノリが悪いのだ。気持ちがここにあらずと言うか、上の空のようにも見える。

時折、こちらをちらっと見るラシードと目が合ってしまい、そのたびに桂一はそっと視線を逸《そ》らした。

二時間ほどで食事が終わり、それぞれの部屋に引き上げる。

『じゃあな、ラシード。明日は俺は朝早くから病院へ行くつもりだ。向こうで会えたら会おう』

『……おやすみ。アッシュ』

廊下《ろうか》で挨拶《あいさつ》を交《か》わして、兄弟は別れた。

ラシードとサクルが先に部屋に入ったあと、桂一は、まだ廊下に残っていたアシュラフに駆《か》け寄り、アラビア語で話しかけた。

『殿下、実はまだラシード殿下と例の件でお話しできていないのです』

アシュラフが浮かない顔つきでうなずく。

『どうやらそのようだな。俺も食事中、父やリドワーンの様子を話してきかせたりして水を向けてみたが、まったく話に乗ってこなかった』

『すみません。このあとお話しできるようなら話してみます』

『よろしく頼む』

『はい』

アシュラフから離れ、桂一は急いでラシードの部屋へ引き返した。ドアを開けて部屋に入るなり、ラシードの険しい声が飛んでくる。

『何をしていた？』

『署に一本連絡《れんらく》を入れていました』

とっさに嘘《うそ》が口をついて出た。本当のことを言えば、『アシュラフと何を話していた？』と追及されそうだったからだ。

『…………』

疑わしげな眼差《まなざ》しで、しばらく桂一を見据《みす》えていたラシードが、傍《かたわ》らのサクルに視線を転じる。

『おまえはもう下がれ』

二日連続で早々に暇を出されたサクルが、ほんの一瞬《いっしゅん》何か言いたげな顔をし、だがすぐに了《りょう》承《しょう》の印に頭を下げた。そのまま無言で部屋から引き上げていく。

パタンとドアが閉まり、広い部屋にはラシードと桂一のふたりになった。

(これは……じっくりと膝を詰《つ》めて話をするチャンスだ)

よしと腹の中で気合いを入れた桂一は、主室の中程《なかほど》に佇《たたず》むすらりとした長身に近づいた。一歩手前で足を止め、いつ見ても煌《きら》びやかな美貌《びぼう》を見上げる。

『あの……』

『腰はどうだ?』

お互《たが》いの声がユニゾンで重なった。

『あ……え? 腰?』

戸惑《とまど》いの声をあげ、ラシードの問いかけの意味を理解した瞬間《しゅんかん》に、じわっと顔を赤らめる。

『はい……だいぶいいです』

そんな場所を気遣われる自分が疎《うと》ましかったが、実際のところ、朝よりはずいぶんと楽になっていた。この調子ならば、明日には平常どおりに動けるようになるだろう。

『そうか。よかった』

ラシードの安心したような顔を見つめ、意外な想《おも》いに瞠目《どうもく》する。

やっぱり今日出かけなかったのは、自分のためだったんだろうか。

もしそうだとしたら……案外にやさしいところがある。

傲慢《ごうまん》に見えてその実繊細《せんさい》で、ひたすら強引《ごういん》かと思えばさりげない気遣いも見せる。

(本当に、この人は掴《つか》み所《どころ》がない)

ラシードの顔を見上げながらそんなことを考えていた桂一は、いつの間にか、視線と視線が絡《から》み合っていることに気がついた。底知れぬ深い海のような碧《あお》い瞳《ひとみ》から、魅入《みい》られたみたいに目を離せずにいる間に、手が伸《の》びてきて腕《うで》を取られる。

『…………っ』

ぐいっと引っ張られ、前のめりによろけ——気がつくと桂一はラシードの胸の中にいた。ぎゅっと抱《だ》き締《し》められ、びくっと体が跳《は》ねる。

『ケイ』

硬《かた》い肉体に包まれ、かすれた甘い声で名前を囁《ささや》かれた刹那《せつな》、昨夜の情交を思い出し、頭がカッと熱くなった。密着したラシードの胸から、少し早い鼓動《こどう》が伝わってくる。

『……ラシード……痛いです』

喘《あえ》ぐようなかすれ声に、拘束《こうそく》がわずかに緩《ゆる》んだ。だがほっとする間もなく、顎《あご》を手で掴まれ、顔を仰向《あおむ》けさせられた。ラシードの顔が近づいてくる。

吐息《といき》が唇《くちびる》に触《ふ》れる感触《かんしょく》にぴくりと震《ふる》えた桂一は、唇が重なる寸前に顔を背《そむ》けた。たちまちラシードがむっと眉根《まゆね》を寄せる。

『なぜ拒《こば》む？　俺とキスするのが嫌《いや》なのか』

苛立《いらだ》った声の問いかけに、思わず『嫌ではありません』と答え、自分で自分の言葉に驚《おどろ》いた。

(嫌じゃない?)

だが、もう一度自分の中を探《さぐ》ってみても、嫌悪《けんお》の感情は見つからなかった。それどころか、こうしてラシードに抱き締められていると、体の力が抜《ぬ》け、胸の奥底から甘ったるいような感情が込み上げてきて……。

駄目《だめ》だ……ぼーっとなっている場合じゃない。

話を……しなければ。

このままラシードに身を委《ゆだ》ねてしまいそうな自分に焦燥《しょうそう》を覚え、桂一は気持ちを引き締めた。

改まった口調で切り出す。

『貴方《あなた》にお話があります』

『話?』

訝《いぶか》しげに聞き返したラシードに視線を戻して、『はい』とうなずく。

『どうしてもお話ししたいことがあるのです』

碧い目を見つめて訴《うった》えると、やがてラシードがふっと息を吐《は》いた。

『わかった』

桂一を離し、暗い金の髪《かみ》を掻《か》き上げながら肘掛《ひじか》け椅子《いす》へ歩み寄る。どさっと腰《こし》を下ろし、自分の前のソファを、座れというふうに顎で指した。

指定された位置に腰を下ろした桂一は、どのように話を進めようかとしばし思案したのちに、ゆっくりと口火を切る。

『私事をお話しすることをお許しください。……私には肉親と呼べる存在がおりません』

ラシードが意表を突《つ》かれたように両目を見開いた。

『今の両親は、育ての親になります。本当の両親はふたりともに、私がまだ赤子の頃《ころ》に亡《な》くなったそうです』

『…………』

『育ての親には、我が子同然に大切に育ててもらいましたし、なんら不自由もありませんでしたが、それでもやはり、一目でいいから本当の両親に会って話をしてみたかったという気持ちは、拭《ぬぐ》いがたくいつも心にあります。この無念のような気持ちは、おそらく一生なくならないのではないかとも思います』

そこで言葉を切り、桂一は目の前の美しい貌《かお》をまっすぐ見つめた。

『まだ若い貴方には、時間は無限であるように感じられるかもしれません。けれど、そうではないのです。時間には限りがある。「今」というこの瞬間がいつまでも続くわけではありません。失ってしまってから後悔《こうかい》するのでは遅《おそ》いのです』

諭《さと》すような口調に、ラシードがじわりと双眸《そうぼう》を細める。

『一般庶民《いっぱんしょみん》でしかない私には、いずれ一国を担《にな》うかもしれない立場にある貴方の、本当の意味での重責はわかりません。貴方がどのような思いで祖国を離《はな》れたのか、なぜ異国での生活を選んだのかも、想像することしかできません。でも、国王と王子である前に、お父上と貴方はそれぞれひとりの人間であり、血の繋《つな》がった親子であるはずです。親を持つひとりの息子《むすこ》として、病床《びょうしょう》におられるお父上に一刻も早く会うべきであることは、私にもわかります』

『………』

『お父上にお会いになってください。会って、恐《おそ》れずに、今の率直《そっちょく》なお気持ちをお父上にお伝えください。そうすれば必ず、心が通い合うはずです』

身を乗り出すようにして、切々と言葉を重ねる桂一の顔を、眇《すが》めた双眸で眺《なが》めていたラシードが、おもむろに口を開いた。

『昨日アシュラフに、俺を説得しろと言われたのか』

『………っ』

図星を指され、肩《かた》が揺《ゆ》れる。動揺《どうよう》する桂一を、ラシードが強い眼差しで射貫《いぬ》いた。

『言えよ。アシュラフの差し金なのか』

『た、たしかにアシュラフ殿下《でんか》に頼《たの》まれはしましたが……差し出がましいと知りつつもこのように申し上げるのはそれだけが理由ではありません。今、お父上に会わなかったら、貴方の中のお父上への複雑なお気持ちは解消されないままです。この先の長い時間を、そのわだかまりを引きずって生きていくことになる。私は貴方にそうはなって欲しくないのです』

だが、必死の説得もラシードの頑《かたく》なな心を動かすことはできなかったらしい。ふいっとつと、不快そうに眉根を寄せたラシードが、やおら肘掛け椅子から立ち上がった。

桂一から顔を背け、寝室《しんしつ》に向かって大きなストライドで歩き出す。

『ラシード！　待ってください！』

あわてて立ち上がって追いかけたが、一歩及《およ》ばず、寝室に入ったラシードに鼻先でドアを閉じられてしまった。

バタン！

閉《と》ざされたドアの前に立ち竦《すく》み、桂一は奥歯を噛《か》み締める。

『貴方はご兄弟の中でも一番早く日本に来られた。本当はお父上の容態が心配でたまらないのではないですか？　お父上もきっと貴方を待っているはずです。お考え直しください。お願いです、ラシード……！』

懸命《けんめい》の懇願《こんがん》にしかし、ドアの向こうからいらえはなかった。

説得に失敗した。

自分なりに精一杯《せいいっぱい》言葉を尽《つ》くしたつもりだったが……ラシードの心には響《ひび》かなかった。

むしろ怒《おこ》らせて、いよいよ意固地にさせてしまった気がする。

『ラシード、ドアを開けてください。もう一度お話を……お願いです』

辛抱強《しんぼうづよ》く声をかけながらラシードの寝室の前に立ち、一時間ほど待ったがドアが開くことはなく——諦《あきら》めて自分の寝室に戻《もど》った桂一はベッドの端《はし》に腰掛《こしか》け、ふぅと嘆息《たんそく》を吐いた。眼鏡《めがね》を外し、目頭《めがしら》と目頭の間を指で揉《も》む。

自分の非力さを思い知った気分で、気持ちがじわじわと落ち込んだ。

最後まで、険しい表情を緩めなかったラシード。

それだけ、父親との確執《かくしつ》が根深いということなんだろうか。

十五歳で英国に渡《わた》ってから七年間も顔を合わせていないのだ。おそらくその間日を追って、父親への感情は一筋縄《ひとすじなわ》ではいかない複雑なものになっていったに違《ちが》いない。

昨日・今日知り合ったような部外者がいくら説得したところで、そう容易には自分の感情に折り合いがつけられないであろうことは、桂一にもわかる。

だが、こうしている間にも、時間は刻一刻と過ぎていく。

国王に残された時間がどれくらいなのかは正確にはわからないが、さほど猶予《ゆうよ》はないと思われる今、一秒でも早く気持ちを切り替《か》えて、会いに行くべきだ。

焦燥ともどかしさを抱《かか》えて悶々《もんもん》と数時間を過ごし、その夜はベッドに横になってもなかなか寝付《ねつ》けなかった。夜中から明け方にかけて何度かベッドから起き出してはラシードの様子を見に行ったが、主寝室《しゅしんしつ》のドアは変わらず閉じられたままだった。

うつらうつらと朝を迎《むか》え、疲《つか》れの取れない体で起き出す。頭をしゃっきりさせるためにシャワーを浴び、歯を磨《みが》いて衣類を身につけ、身支度《みじたく》を調《ととの》えた。

（ラシードが起きてきたら、この件についてもう一度話をしよう）

どんなに疎《うと》まれても嫌《いや》がられても、ここで退《ひ》くわけにはいかない。ラシードが折れてくれるまでしつこく粘《ねば》るしかない。アシュラフと約束したからというよりは、それがラシードのためだと思うからだ。

それによってラシードとの関係がぎくしゃくし、嫌《きら》われるかもしれないと思えば胸が痛んだが、このままではいずれラシードが後悔するとわかっていて、見過ごすことはどうしてもできなかった。

（とにかく根気強く説得を続けるしかない）

決意を新たに胸に刻みながらネクタイを結び、ジャケットを羽織ったところで、サクルが主室に入ってくる。

いつものようにふたりでコーヒーを淹《い》れ、ラシードが起きてくるのを待ったが、いっこうにその気配がない。普段《ふだん》は遅くとも九時には寝室から出てくるのに……。

ノックすべきか否《いな》か。

だがもし昨夜眠《ねむ》りにつくのが遅く、まだ眠っているのなら、起こすのは酷《こく》だ。

（それにしても……もう十時だぞ）

腕《うで》時計にちらちらと視線を走らせ、落ち着かない気分で主室の中を行ったり来たりしていた桂一が、ついにサクルに向かって、『どうする？　起こすか？』と問いかけた時だった。

主寝室のドアノブがガチャリと回る音に、桂一は勢いよく振《ふ》り返った。視線の先で、ドアがゆっくりと開く。

『……っ』

開かれたそこには、正装姿のラシードが立っていた。

真っ白な絹地の民族衣装の上に丈《たけ》の長いローブを羽織り、腰《こし》にはサッシュベルトを巻いている。頭にはやはり純白のカフィーヤ。

何度見ても美しいその姿に目を奪《うば》われる桂一に、寝室から出てきたラシードが居丈高《いたけだか》に告げる。

『病院へ行くぞ』


大学病院へ向かうリムジンの中で、終始ラシードは無言だった。

腕を組み、窓の外の景色にじっと視線をとどめるその横顔から、心情は窺《うかが》えない。だが、こ

うして病院へ向かう道すがらも、その心中は決して平穏《へいおん》ではないはずだ。病室へ行けば、ナウファルと顔を合わせることになる。また嫌な思いをする可能性も含《ふく》め、いろいろな想《おも》いに心が揺れているに違いない。そう考え、桂一も敢《あ》えて話しかけなかった。

昨夜一晩、ラシードもまた、眠れぬ夜を過ごしたのかもしれない。

部屋に籠《こ》もり、ひとりで考えに考え抜《ぬ》いて——その結果、気持ちを変えてくれた。

自分の説得が功を奏したのかどうかはわからない。

それであろうとなかろうと、どちらでもいい。

どのような心境の変化でこのような結論に至ったのか、根掘《ねほ》り葉掘《はほ》り訊《き》くつもりもない。

とにかく、様々な葛藤《かっとう》を乗り越《こ》え、父親に会うと決心してくれた。

(それだけで充分《じゅうぶん》だ)

数日前と同じ道順を走り、ほぼ同じほどの時間をかけて、リムジンが病院に到着《とうちゃく》する。やはり前回と同様に建物の裏口に横付けされたリムジンから、ラシードと桂一、そしてサクルは降り立った。

ガラスの自動ドアを通《とお》り抜け、廊下《ろうか》をしばらく歩き、エレベーターホールに辿《たど》り着く。直通のエレベーターで十階へ上がる間、桂一はラシードの様子を窺ったが、初めて訪《おとず》れた時と違って、その顔つきは落ち着いているように見受けられた。

いざ目の前まで来て、やっぱり帰ると言い出す可能性も考えていたので、内心で安堵《あんど》する。

「ラシード殿下《でんか》をお連れしました」

目的のドアの前に立つ、濃紺《のうこん》のスーツを着たふたりの男に向かって、桂一は告げた。

うなずいたふたりが、「ラシード殿下が到着」と室内の課員に知らせ、両開きのドアを開く。

控《ひか》えの間の真ん中に設《しつら》えられたソファセットに、アラブ服を着た男性が五名座っていた。他《ほか》に外務省の職員らしき男が二名、三名のSPが立っているのは、以前と同じだ。

アラブ服の男たちの中で、ひときわ体格がいいのがアシュラフ。彼の隣《とな》りに座る年若い青年も決して細身ではないが、アシュラフと比べるとほっそりして見える。

あれが、おそらくリドワーン殿下。

桂一は初めて見るその顔を、資料の写真と照らし合わせた。

凜々《りり》しい面《おも》立ちの王子は十七歳で、現在マラーク国内の士官学校に通っている。学校の試験が終わり次第《しだい》に、昨日マラークから日本へ駆《か》けつけたという話だった。

『ラシード！　来たのか！』

ラシードに気がついたアシュラフが、肘掛《ひじか》け椅子《いす》から立ち上がった。そのまま大きな歩幅《ほはば》でラシードに歩み寄り、弟を歓迎《かんげい》するように抱《だ》き締《し》める。

『待っていたぞ。よく来た……！』

ぽんぽんと背中を叩《たた》くアシュラフの後ろから、リドワーンがおずおずと顔を覗《のぞ》かせた。

『ラシード兄さん』

『リドワーンか？』

　ラシードが、数年ぶりに会う弟に一瞬《いっしゅん》目を瞠《みは》り、微笑《ほほえ》みかける。

『しばらく見ない間にずいぶんと背が伸《の》びた。顔つきも大人びたな』

『兄さんは変わらないね』

　憧《あこが》れを含んだような目でラシードを見上げたリドワーンが、『相変わらずキラキラしている』とつぶやいて照れくさそうに笑った。

『ご兄弟がお揃《そろ》いになるのはいつぶりですかな？』

　と、兄弟の再会に水を差すようなしゃがれた低音が響く。

　こちらに向かって近づいてくる黒衣のナウファルを認めた桂一は、とっさにラシードを庇《かば》うように前に立った。が、背後からすっと伸びてきた手に、軽く押しのけられる。

『大丈夫《だいじょうぶ》だ』

　そう低く囁《ささや》くと、ラシードは桂一の脇《わき》を抜けて一歩前に出た。ラシードと向かい合ったナウファルが、皮肉げに口許《くちもと》を歪《ゆが》める。

『ラシード殿下、またお会いするとは思いませんでした。先日は国王に会うこともなく逃《に》げ帰《かえ》った貴方《あなた》が、今更《いまさら》何をしにいらしたのか』

　ラシードの肩《かた》がぴくりと震《ふる》えた。

（お願いです……耐《た》えてください）

桂一は、拳《こぶし》をきつく握《にぎ》り締めるラシードの背中を、祈《いの》るような思いで見つめる。ここで逃げ出したら、前回の二の舞《まい》だ。

数秒の時間をかけてゆっくりと握っていた拳を開き、ふっと息を吐《は》いたラシードが、はっきりとした声で告げる。

『父に会いに来た。その権利はあるだろう。俺も父の息子《むすこ》だ』

毅然《きぜん》とした物言いに、ナウファルが両目を細めた。

『ナウファル、もういいだろう』

アシュラフが頃合《ころあ》いを見計らったように割って入る。まだ納得《なっとく》のいかない憮然《ぶぜん》とした表情で、ナウファルはラシードを睨《ね》めつけていたが、やがて踵《きびす》を返してソファに戻《もど》った。どさっと腰を下ろしたナウファルの、苦虫《にがむし》を噛《か》み潰《つぶ》したような横顔に、桂一はひそかに溜飲《りゅういん》を下げる。

『ラシード、リドワーンと三人で父上に会いに行こう』

アシュラフの誘《さそ》いにラシードが『ああ』と応じた。桂一は控えの間で待っているつもりだったが、振り返ったラシードに『一緒《いっしょ》に来い』と呼ばれ、アシュラフもこちらに向かってうなずいたので、兄弟と一緒に病室に足を踏《ふ》み入れる。

白を基調とした四角い部屋の中程《なかほど》にベッドがあり、ひとりの男性が横たわっていた。上半身をわずかにリクライニングした彼の傍《かたわ》らには、女性の看護師が付き添《そ》っている。

秀《ひい》でた額に高い鼻梁《びりょう》。がっしりとした顎《あご》。彫《ほ》りの深いその顔立ちは、兄弟の中では一番アシュラフに似ている気がした。短く刈《か》り込んだ髪《かみ》には少し白いものが混じっているが、眉毛《まゆげ》も髭《ひげ》もまだ黒々としており、目を閉じていても威厳《いげん》がある。

(この方が、ファサド国王)

ラシードたち兄弟の父親。

病のせいか、やや面窶《おもやつ》れしているようにも見えるその浅黒い顔を、感慨深《かんがいぶか》い思いで見つめていると、人の気配を覚《さと》ったらしいファサド国王がうっすら目を開いた。アシュラフがベッドの側《そば》まで歩み寄り、アラビア語で『父上』と話しかける。

『アシュラフか』

喉《のど》に絡《から》んだような国王のかすれ声は、少しラシードに似ていると思った。

『はい。今日はラシードも一緒です』

『ラシードが?』

ファサド国王がゆるく目を瞠る。アシュラフが背後に立つラシードを顧《かえり》みて、来いというふうに顎をしゃくった。

緊張《きんちょう》の面持《おもも》ちで前に進み出たラシードが、後ろに下がったアシュラフと立ち位置を入れ替《か》わる。静かにベッドに近づき、膝《ひざ》を折って跪《ひざまず》いた。

こうべを深く垂れるラシードに、ファサド国王が上半身を起こす。

『ラシードか。何年ぶりだ? もっと近くに来て顔を見せてくれ』

父の要求に応《こた》え、ラシードがベッドに躙《にじ》り寄った。近づいた息子の顔を父がじっと見下ろす。

『おまえの母親にますます似てきたな』

『……申し訳ありません』

表情を曇《くも》らせるラシードに、国王が訝《いぶか》しげな声を落とした。

『なぜ、おまえが謝るのだ』

束《つか》の間、ラシードは口に出すかどうかを迷うような顔つきをした。だが心を決めた様子で口を開く。

『……父上は母上に似ている私を、疎《うと》ましく思っているのではありませんか』

『ラシード、おまえがそう思っているのはわかっていた。だがそれは誤解だ。私はおまえを疎ましく思ったことなど一度もない。たしかにおまえの母親のジェインとは仲違《なかたが》いを繰《く》り返した末に別れることになったが、ジェインと面立ちが似ているからといって、おまえを厭《いと》うことなど決してない』

『父上……』

『だが、そう思わせてしまったのは私に非があった。幼かったおまえにジェインとの諍《いさか》いをたびたび見せ、心に傷を残した。ジェインが英国に帰ったあと、残されたおまえが孤独感《こどくかん》を募《つの》らせていることに気がついていながら、多忙《たぼう》を理由に顧みることをしなかった。父親として、おまえとの間にできた距離《きょり》を埋《う》める努力を怠《おこた》った。私はおまえにとっていい父親ではなかった。

許してくれ、ラシード』

許しを乞《こ》う父親に、ラシードが首を横に振《ふ》る。

『父上……私こそ、長い間の不義理をお許しください。父上の息子であることから逃げ続けてきた私の弱さをお許しください』

『ラシード……おまえを心から愛している』

ラシードの顔がくしゃりと歪んだ。今にも溢《あふ》れ出しそうな感情を抑《おさ》えつけるように口許をぐっと引き締め、立ち上がる。自分に向かって差し出された父の手を、両手で包み込むようにぎゅっと握り、震える声で言った。

『父上……私もです。私も父上を大切に想《おも》っています』

『ラシード』

長く溜《た》めていた真情を吐露《とろ》し、お互《たが》いへの愛情を確認し合う不器用な親子を、少し離《はな》れた場所から見守りながら、桂一も胸がじわりと熱くなるのを感じる。

（よかった……）

ここしばらくの胸の閊《つか》えを漸《よう》く下ろした気分で、ほっと息を吐いた。左右に並ぶアシュラフとリドワーンも、我が事のように嬉《うれ》しそうな顔をしている。

自分の手を握り締《し》める息子に、慈《いつく》しむような眼差《まなざ》しを注いでいたファサド国王が、ふと首を捻《ひね》り、視線をこちらに向けた。

『アシュラフ。ナウファルを呼んでくれ』

『はい、父上』

父親の要望に応えるためにアシュラフが踵を返して病室を去り、ややしてナウファルを引き連れて戻ってくる。父親に寄り添うラシードの姿を見たナウファルの顔が、刹那《せつな》険《はら》を孕んだ。

しかし、さすがに王の前でそう露骨《ろこつ》な表情もできないのか、すぐに取り繕《つくろ》ったような笑《え》みを浮《う》かべる。

『お呼びになりましたか』

ファサド国王がうなずいた。

『本日こうして私の息子たちが顔を揃えたのは実に喜ばしいことだ。これをよき機会と捉《とら》え、私は今日ここで、私の後継者《こうけいしゃ》となる者を指名しようと思う』

『陛下！』

『父上⁉』

国王の発言に、その場の全員が一斉《いっせい》にどよめく。桂一ももちろん、突然《とつぜん》の展開に両目を大きく見開いた。

（これは……大変なことになった）

当初の衝撃《しょうげき》が少し収まるのと同時に、たった今自分が、一国の行く末を定める重大な局面に立ち会っているのだという事実に気がつき、こくっと喉を鳴らす。

『申してみよ』

『ラシード殿下《でんか》に異国の血が入っておられますことは、覆《くつがえ》しようのない事実。代々受《う》け継《つ》がれてきたハリーファ王家の純血をラシード様の代で失うことになれば、国民の王室への信頼《しんらい》を損《そこ》ないかねません。また、他のアラブ諸国の反感も買いかねません』

『……うむ』

『それだけではございません。ラシード様は、王としての資質にも問題があります。戒律《かいりつ》に背《そむ》いて酒を呑み、留学先の米国でも問題ばかり起こされている！』

父親の前で素行を糾弾《きゅうだん》されたラシードが、苦しげに眉《まゆ》をひそめる。

『どうか、今一度お考え直しくださいませ！』

懇願《こんがん》するナウファルに、ファサド国王が言った。

『では尋《たず》ねるが、おまえは誰が相応《ふさわ》しいと考える？』

『……本来ならばアシュラフ殿下が王位に就《つ》くのが本筋ではございますが、ご自身が辞退しているのでは仕方がありません。かといってリドワーン殿下は、国を担《にな》うにはまだお若すぎる。そう考えれば、現王太子のカマル殿下しかいらっしゃらないのではございませんか』

しかし、国王はナウファルの献言《けんげん》にうなずかない。

『カマルを王にすれば、早晩カマルの次の王を誰にするのかでふたたび揉《も》めることになる。カマルの息子《むすこ》たちも含《ふく》め、王位継承権を持つ者が増えることが、内紛《ないふん》の火種になる可能性も否定できない。王室が揺《ゆ》れれば国も揺れる。国の安泰《あんたい》を第一に考えるのが王の務めだ。違《ちが》うか？』

問いかけられたナウファルが、ぐっと詰まった。

『それに、ラシードは王としての資質を充分《じゅうぶん》に備えていると私は思っている。無論、今はまだ未熟な点も多いが、国を統《す》べる自覚が出来てくれば、そういった部分は改まるだろう』

静かに語った国王が、ラシードに目を向ける。

『私の指名を受けてくれるか？』

ラシードは困惑《こんわく》を隠《かく》さずに眉根《まゆね》を寄せていたが、ほどなく低い声を落とした。

『……少し考えさせてください』

8

父の指名に対して明確な意思表示を避《さ》け、答えを留保したラシードは、カーサへ戻《もど》るリムジンの中で、ずっと物思いに沈《しず》んでいた。

それも当然だろう。長年確執《かくしつ》があった父親と和解しただけでも、精神的にかなり大きなものを乗り越《こ》えた気分だったろうに、心を落ち着かせる間もなく後継者に指名されたのだから。その動揺《どうよう》は察して余りある。

アシュラフは、ラシードが次の王に相応しいと前々から思っていたようだが、ノウファルの驚愕《きょうがく》を見てもわかるように、大概《たいがい》の者はその指名を意外に思うに違いない。

ラシード自身にとっても、思いがけない指名であったことは、彼が言葉もないほどに驚《おどろ》いていたことからわかる。

だが桂一は、指名の瞬間《しゅんかん》、国王の口からラシードの名前が発せられるのを耳にしても、さほど驚かなかった。むしろ、やっぱりという思いが強かった気がする。和解さえすれば、国王がラシードを選ぶのではないかと、頭の片隅《かたすみ》でうっすら思っていたせいかもしれない。

ラシードには、理屈《りくつ》抜《ぬ》きで人を惹《ひ》きつける魅力《みりょく》――天性のカリスマ性があることを、この数日間で誰より実感していたのは、他ならぬ桂一自身だったからだ。

国王としての適性も、ナウファルは否定していたが、父親とアシュラフが認めているのだから、充分あるのだろう。

あとは本人のやる気だ。

指名を受けるのか、否《いな》か。

(どうするつもりなのか)

隣《とな》りに座るラシードの物憂《ものう》げな顔を、その心情を推《お》し量るような眼差《まなざ》しで窺《うかが》いながら、車に揺られること四十分ほどで、カーサの車寄せにリムジンが到着《とうちゃく》する。

『お帰りなさいませ』

英語で出迎《でむか》えてくれたドアマンに軽く目礼をし、桂一は後部座席から降り立った。続いて降りてきたラシードが先頭に立ち、桂一、サクルの順でガラスのドアをくぐる。

ラシードと並んでエントランスロビーを歩いていると、その場のゲストの視線が、自分たちに集まってくるのがわかった。みな一様に、白い民族衣装姿のラシードを羨望《せんぼう》の眼差しで見つめている。アラブ服が目立つというのもあるが、やはりラシードの並外れた美貌《びぼう》が人々の目を奪《うば》うのだろう。

(もし……)

エレベーターに乗り込んだ桂一は、カードキーをスリットに差し込み、「8」のボタンを指で押した。音もなく閉じるドアを眺《なが》めつつ思考を巡《めぐ》らせる。

もしもラシードが指名を受け、マラークの新国王になったとしたら……今度こそ本当に、自分とは生きるステージが異なってしまう。小国とはいえ一国の王ともなれば、本物の雲上人だ。

仮にラシードが国王として再来日することがあったとしても、今とは比べものにならない厳重な警護体制を敷《し》かれる身となり、二度とこんなふうに自分と肩《かた》を並べて歩くことはないだろう。

気安く話をすることも叶《かな》わないだろうし、ましてやキスをしたり抱《だ》き合ったりなど……あり得ない。

そう思った瞬間、鋭利《えいり》な何かが突《つ》き刺《さ》さったみたいな痛みを胸に感じ、顔をしかめる。

この——胸が締《し》めつけられるような痛みは……。

（……なんだ？）

初めて知るような疼痛《とうつう》に狼狽《うろた》えている間にエレベーターが八階に到着する。先にケージを降りた桂一は、動揺を胸の奥深くに押し込めて廊下《ろうか》を歩き、八〇三号室のドアを開けてラシードを通した。

『お疲《つか》れ様《さま》でした』

『…………』

無言で主室に足を踏《ふ》み入れたラシードが中程《なかほど》まで進む。と、そこで背後を振《ふ》り向《む》き、後ろから自分に従って室内に入ってきたサクルに告げた。

『サクル、おまえの任務は今日で終わりだ』

『ラシード様……？』

サクルが虚《きょ》を衝《つ》かれた表情で固まる。突然《とつぜん》の解雇《かいこ》通告に驚き、桂一も瞠目《どうもく》した。

『四年に亘《わた》っておまえが俺に忠義を尽《つ》くしてくれたことは生涯《しょうがい》忘れない。だが、それも今日限りだ』

『なぜ……ですか？』

『おまえはもともと俺のものじゃない。おまえの忠義心は本来父上のもとにある。そのおまえを俺は父上から借り受けていただけだ。だがもう、必要なくなった』

突き放すような冷ややかな物言いをされ、普段《ふだん》は動じないサクルが浅黒い顔を引きつらせる。

『荷物を纏《まと》めて父上のもとへ帰れ』

『しかし、それではラシード様の身辺を警護する者が……』

『護衛ならばケイがいる。もはやおまえは何も案ずるな』

ぴしゃりと断じられたサクルが、ドアの横に立つ桂一を顧《かえり》みて、さらにもう一度ラシードの顔を見た。桂一とラシードの間を幾度《いくど》か視線を往復させながら、徐々《じょじょ》に諦《あきら》めた表情になり、最後は口許《くちもと》を引き結んで身をふたつに折る。

『今まで……ありがとうございました』

『長い間ご苦労だった』

ロ。**新宿**駅でしばしボーゼンとしてしまう。

この街では、ホッピーを飲める店を探す必要はありません。いくらだってある。ありすぎるほどある。ホッピーの飲める店新宿全店マラソンをやったら、それはそれで一冊になるんじゃないかっていうくらい、ありそうな気がする。

問題は、どの店にするかということ。

でも、実は、迷いはなかったのです。アタシが新宿でホッピーを飲むといったら、やっぱりここという店がある。それが、**「鳥園」**さんです。

本書では2回目の登場になりますね。最初にお邪魔したのは、『酒とつまみ』創刊号においてでした。このときは東京駅からスタートして新宿までを第一区として走ったわけですが、創刊号のためのマラソンですから店の方にお見せする掲載誌もない。ただ、『『酒とつまみ』というミニコミ誌をつくるにあたってホッピーの飲める店を歩いております」と説明する以外に方法がない。

ちょっとした苦労でしたね。説明されたお店の方だって、なんのことかわからないですよね。ホッピーを飲み歩いた顚末を書くってんですから、ヘタなこと書きやがったら承知しねえかんな、と思ったって当然というものです。だから、これまでお世話になった数々のお店の中でも、創刊号の時点で快く掲載を許可してくださったお店への思いはひとしおなのです。

そして、そのうちの1軒が、ここ「鳥園」。今再びお邪魔をして、長かったホッピーマラソンの締めくくりをさせていただきます。

長く営業を続けてきたこのお店は、昼から店を開けています。平日の昼日中からお邪魔をして、お刺身でビールを飲み、焼きそばを食べて仕事にもどるなんてのもオツなもので、アタシの場合、昼に夜に、平日に、休日に、たびたび訪れては気分のいい時間を過ごさせてもらっています。

そして飲むのはホッピー。いつもホッピー。飲みながら座談会をやろうというような話があればここを推薦し、新宿で打ちあわせをというお誘いにもこちらを指定し、ひとり飲むときも、なぜか、こちらへと足が向かう。

この店を教えたのはアタシの父親です。オヤジは、昔で言う「しょんべん横丁」が好きだったんでしょうね。小学生くらいのころすでに、この一画にある食堂へ連れられていったことがあります。何かの用で母親が不在で、アタシら子供たちに晩飯を食わせるつもりで連れてきたのか。それとも神宮で野球を見た帰りだったか。混みあう店内で、オヤジはビールを飲み、アタシはなにか焼き魚で飯を食った覚えがあります。

その後、アタシが飲めるようになると、今度は「しょんべん横丁」で飲もうと誘われ、この「鳥園」に初めて入った。もう、25年ほど昔のことになります。

一体誰《だれ》が？　次期国王に指名されるのか？

王位継承《けいしょう》権を放棄《ほうき》しているアシュラフ以外の三人のうち——最有力候補とされる現王太子のカマルか、ラシードか、もしくはリドワーンか。

みんなの胸中にもその疑問符《ぎもんふ》が渦巻《うずま》いているのだろう。兄弟とナウファルの視線が国王に集まり、病室は水を打ったようにシンと静まり返る。

注目の中、ファサド国王が静かに告げた。

『後継者にはラシードを考えている。これは、長い間考え抜《ぬ》いた末の結論だ』

『……おお』

固唾《かたず》を呑《の》んで発表を待っていた一同からため息が零《こぼ》れる。

当のラシードは、信じられないといった表情で『……俺が？』とひとりごちていたが、その指名に一番ショックを受けたのがナウファルであることは誰の目にも明白だった。

『そんな……馬鹿《ばか》なことが』

カッと両目を見開き、唇《くちびる》をわなわなかせていたナウファルが、黒衣を翻《ひるがえ》して国王のベッドに詰《つ》め寄る。

『失礼ながらファサド陛下』

ラシードを押しのけるように国王の傍《かたわ》らに跪くと、決死の形相で訴《うった》えた。

『陛下のお選びになった後継者につきましては承服致《いた》しかねます』

ラシードが労《ねぎら》うと、サクルは桂一へ向き直り、改まった口調で告げた。

『ラシード様をよろしく頼《たの》む』

途中《とちゅう》で警護の任を解かれる無念は、同業者として痛いほどによくわかる。四年も側《そば》にいたのなら、ことさらだろう。

そう思った桂一はできるだけ力強く、『了解《りょうかい》した』と請《う》け負《お》った。

『……失礼致《いた》します』

一礼してから身を翻《ひるがえ》し、ドアノブに手を掛《か》けるサクルに、ラシードが告げる。

『残りの時間、できるだけ父上の側にいてやってくれ』

ぴくりと肩を揺らしたサクルが振り返り、ラシードの顔を数秒間万感の籠《こ》もった眼差しで見つめた。その後、深々とこうべを垂れ、ふたたび踵《きびす》を返し、今度こそドアを開けて出て行く。

『よろしかったのですか？』

バタンと閉じたドアから視線を転じて、桂一はラシードに問うた。サクルを任務から解放するために、ラシードが敢《あ》えて冷たい物言いをしたことは桂一にもわかったが。

『…………』

頭のカフィーヤを剝《は》ぎ取ったラシードがふるっと黄金の髪《かみ》を振った。取ったカフィーヤをぽんとローテーブルの上に投げ、『……いいんだ』とつぶやく。

『サクルはもともと父上の側近だった男だ。サクルの父親もまた王室に仕え、若き日の父上の護衛頭を任じていたんだが、事故で早くに亡《な》くなった。父親を失ったサクルを、父上は我が子同然にかわいがって育てた。長じてサクルは父上の片腕《かたうで》となり、影《かげ》のように仕えてきた。――四年前、父上がサクルを米国に寄越《よこ》した時、その意図はすぐにわかった。俺の動向を見張らせるために遣《つか》わせたんだと……』

サクルは、ファサド国王が放った内偵役《ないてい》だった？

今明かされる事実に、桂一は思わずラシードまで距離《きょり》を詰《つ》めた。

『貴方《あなた》は……それを承知の上でサクルを側に置いていたのですか？』

『俺の素行に関して、サクルから父上に逐一《ちくいち》報告が上がっているのはわかっていた』

『わかっていたのに、どうしてあんな振る舞《ま》いを？』

ラシードは答えない。

だが、その愁《うれ》いを帯びた横顔を見据《みす》える桂一の脳裏《のうり》に、閃《ひらめ》くものがあった。

『ひょっとして……わざとだったんですか？　米国での数々のスキャンダルも、日本に来てから見舞《みま》いに行かずに夜な夜な遊び歩いたのも……？』

否定しないラシードに確信が募《つの》る。連動するように疑問が浮《う》かんだ。

『なぜそんなことを？』

わざわざ露悪《ろあく》的な振る舞いをして、なぜ自分の評価を下げるような真似《まね》をしたのか。

またしてもラシードが答えないので、懸命《けんめい》に頭を巡らせる。状況《じょうきょう》から導き出される解答はひとつしかない。

『もしかして……後継者《こうけいしゃ》に指名されることを避《さ》けるためですか？』

それまで黙《だま》っていたラシードが、ぽつりと言った。

『俺が王になることを国民は望んでいない。次の王は弟のリドワーンがなるべきだ。誠実で真《ま》面目《じめ》な彼ならばきっといい王になる』

（やはり、そうだったのか）

『王位継承《けいしょう》権を放棄《ほうき》することも考えたが……アシュラフが先に放棄してしまっているので、さすがに王族のうちふたりが棄権《きけん》では、国民が納得《なっとく》しないと思った』

言い訳をするようにとつとつと語るラシードの言葉に耳を傾《かたむ》けながら、桂一は享楽《きょうらく》的で頭の回転が速く、何事にも器用に見える王子の、新たな一面を知った気がした。

この人は……こと人間関係においてはとことん下手《へた》で……不器用なのだ。

そして自分は、この人のそんな不器用なところを、どうしようもなく愛《いと》おしいと感じてしまう。

（……そうだ。愛おしい）

神から愛されているとしか言いようのない美貌。わがままで傲慢《ごうまん》で強引《ごういん》。でも本当は人間関係に臆病《おくびょう》で、癒《いや》されることのない孤独《こどく》感を胸の奥にそっと飼っているような美しい王子が……愛おしい。

自覚すると同時に、体がカーッと熱くなり、心臓が早鐘《はやがね》を打ち始める。

愛おしい――つまり……好き？　自分はラシードを好き……なのか？

だから拒《こば》めなかった？　タブーと知りつつ抗《あらが》えなかった？

同じ男なのに。警護対象者なのに。一国の王子なのに。

好きになってはいけない相手なのに、愛しても決して報《むく》われることはないのに、惹《ひ》かれていく自分をどうしても抑《おさ》えきれず……。

（そう……だったのか）

無自覚なままに道ならぬ恋《こい》に落ちていた自分に気がつき、呆然《ぼうぜん》と立ち尽くしていた桂一は、いつの間にかラシードが自分を見つめていることに気がついた。

碧《あお》い瞳《ひとみ》に射《い》すくめられて胸が騒《さわ》ぐ。鼓動《こどう》が秒速で高まる。

『……ケイ』

甘くかすれた声で名前を呼んだラシードが、桂一の二の腕《うで》を掴《つか》み、自分の胸に抱き寄せた。

小さく息を呑《の》む桂一を、ぎゅっと抱き締める。耳許《みみもと》に何度も『ケイ……ケイ』と囁《ささや》く。

縋《すが》るようなその抱擁《ほうよう》の中で、桂一はきつく唇《くちびる》を噛《か》み締め、今にも膝《ひざ》から頽《くずお》れそうな自分に耐《た》えた。

ラシードは今、揺《ゆ》れている。祖国の命運に関《かか》わる重大な選択《せんたく》を迫《せま》られ、悩《なや》み、葛藤《かっとう》している。

その若さでは抱《かか》え込むことができないほどの苦悩《くのう》を持て余したラシードが、今一番身近にいる自分に「一時の慰《なぐさ》め」を求めていることはわかった。

自分だって、許されるのならば、何も考えずにこの胸に飛び込みたい。たとえ一時の慰めであっても、ラシードの求めに応じて、何もかも忘れて抱《だ》き合いたい。

だけど……駄目《だめ》だ。

（いけない）

体を重ねれば、重ねた分だけ情がより深くなるのは目に見えている。割り切って体だけの関係を楽しめるほど、悲しいかな自分は器用じゃない。これ以上ラシードを好きになったら、いずれ避けられない別れがいっそう辛《つら》くなるだけだ。

それに、サクルがいなくなった今、ここでなし崩《くず》しに求めに応じたら、本当に歯止めがきかなくなってしまう。本来ＶＩＰとＳＰの間にあるべき一線が崩れ、公私混同が過ぎればいざという時の判断力が鈍《にぶ》る。そうなってはいけない。

一国の王となるかもしれないラシードを命がけで護《まも》ることこそが、自分の使命。

そのために、自分はここにいるのだ。

今にも溢《あふ》れ出しそうな恋情《れんじょう》をかろうじて抑え込み、ＳＰとしての本分に立ち返った桂一は、ラシードの胸をそっと押し返した。自ら身を離《はな》すと、ラシードが訝《いぶか》しげな表情をする。

『ケイ？』

『殿下《でんか》』

喉《のど》の奥から努めて平静な声を絞《しぼ》り出し、敢えてラシードが嫌《きら》うその呼び方をした。案の定、ラシードの顔が険しくなる。

『……なんで俺を拒むんだ』

『私の仕事は殿下の警護であって、慰め役ではありません』

『あの夜はあんただって……』

『あの夜のことは忘れてください。あれは過《あやま》ちでした』

きっぱりと告げた瞬間《しゅんかん》、ラシードがくっと眉根《まゆね》を寄せる。傷ついたような表情に胸が痛んだが、ここで手を緩《ゆる》めるわけにはいかなかった。拒絶《きょぜつ》するなら徹底《てってい》しなければ意味がない。

『殿下にとっても酔《よ》った上でのお戯《たわむ》れだったはずです。それに殿下は以前、「何度もやると刺《し》激《げき》が薄《うす》れ、マンネリになるだけだ」とおっしゃっていましたよね？』

当てこするような物言いにラシードがぐっと詰まった。

『あれは……っ』

『そういった意味でも私はもう用無しでしょう。新しい女性を調達なさりたいのでしたらおつきあい致しますが？』

『………っ』

碧い瞳に怒《いか》りの炎《ほのお》が燃え上がる。烈《はげ》しい双眸《そうぼう》で桂一を睨《にら》みつけていたラシードが、ぎゅっと拳《こぶし》を握《にぎ》り締《し》めた。

『わかった……もういい！』

低く吐《は》き出すやいなや、怒りの発露《はつろ》を求めてか、近くにあった肘掛《ひじか》け椅子《いす》をガッッと蹴《け》り倒《たお》す。

そうしてそのまま肩《かた》を怒《いか》らせ、大股《おおまた》で主寝室《しゅしんしつ》へと歩み去った。

バタンッと音高く閉じられたドアにしばらく視線をとどめてから、桂一は黙って倒れた椅子を引き起こす。

「これで……いいんだ」

椅子の背に手を置き、ぽつりとひとりごちた。


翌日、ラシードは朝から病院を見舞い、ほぼ一日を父親の病院で過ごした。

失われた時間を少しでも取り戻《もど》そうとするかのようにベッドに寄り添《そ》い、時折ぎこちなく父親と言葉を交《か》わす。親子の側《そば》には、国王の側近に戻ったサクルの姿も見える。

『……よかったな』

壁際《かべぎわ》に立ち、不器用な親子を見守っていた桂一は、耳許の低音に顔を傾け、アシュラアの彫《ほ》りの深い横顔を認めた。父と弟がゆっくりと絆《きずな》を取り戻していく様を目を細めて眺《なが》めていたアシュラフが、桂一に視線を向ける。

『ありがとう。あんたのおかげだ』

感謝の言葉を告げられた桂一は、『私は何も……』と首を横に振《ふ》った。

『最終的に決断なさって、行動を起こされたのはラシード殿下ですから』

ナウファルの罵声《ばせい》を覚悟《かくご》で病院を訪《おとず》れ、彼にとっては山より高いハードルを乗り越《こ》え、父親との再会を果たしたのはラシード自身だ。

そのナウファルは、見舞《みま》いに訪れたラシードを忌々《いまいま》しげな目つきで睨みつけていたが、午後からふいと姿を消した。ラシードと国王の親密な様子を見ていることに耐えきれず、席を外したのかもしれない。もしそうならば、ラシードは一矢《いっし》を報いたことになるだろう。

『これで、あとはラシードが指名を受けてくれればいいんだが』

アシュラフのつぶやきに、桂一は『……そうですね』と小さく返した。

世にどれだけの数の「王子」と呼ばれる人たちがいるのかはわからないが、その中でも王位を継《つ》げるのはほんの一握《ひとにぎ》りであろうことは想像がつく。

指名を受けて、次期国王になる。

王子として生まれたからには、それが本望《ほんもう》なのかもしれない。

そうなったら、もう完全に自分の手の届かない存在になってしまうけれど……。

いや……そうでなくとも、もともと何もかもが違《ちが》いすぎる。

国も違えば、住んでいる場所も、育ってきた環境《かんきょう》も、年齢《ねんれい》も、何ひとつ重なる部分がない。

そんな自分がラシードの側にいられる唯一《ゆいいつ》の理由。ただひとつ、彼のためにできること。

それは、日本にいる間だけでも彼の壁《かべ》となり、身を挺《てい》して護ることだ。

日本を離れる最後の瞬間まで、ラシードを護りきる。

昨夜から何度も自分に言い聞かせている決意を、桂一は改めて胸に還《かえ》した。

ラシードとはあれから、まともに口をきいていない。夜はあれきり寝室《しんしつ》から出てこなかったし、朝になって、桂一の『おはようございます』の挨拶《あいさつ》にも返事はなかった。

目の前にいるのに、あって無きがごとく無視されるのはひさしぶりだった。ここ数日は、隙《すき》さえあれば何かと構われていたので、手のひらを返したようなその仕打ちがひときわ応《こた》えた。

今まで何度もラシードの機嫌《きげん》を損《そこ》ねたが、今回が一番、彼の怒りが深い気がする。

昨夜の自分の発言にいたく気分を害しているのはわかっていたけれど、謝ることはできなかった。そんなことをしたら、せっかく心を鬼《おに》にして拒絶したのが水《みず》の泡《あわ》だ。

むしろ、警護対象者とSPという関係としては、このくらいの緊張感《きんちょうかん》があるほうがいいのかもしれない。

(これが普通《ふつう》。これがまともな距離感《きょりかん》だ)

VIPと抱き合ったり、体を重ね合ったりすることのほうが異常で、おかしかったのだ。正常な、本来あるべき姿に戻っただけだ。

そう自分を慰めながら、朝と変わらず不機嫌《ふきげん》なラシードとリムジンに揺られ、重苦しい空気のままホテルに戻った。

カーサのレストランで、むすっと黙《だま》り込んだラシードと向かい合い、味のちっともわからない夕食を済ませる。会話のない気詰《きづ》まりな夕食のあと、ラシードは早々に寝室に引きこもってしまった。一時間ほど主室で待機したがドアが開くことはなく――もう今夜は外出はないものと判断した桂一は、リムジンの運転手に携帯《けいたい》で連絡《れんらく》を入れて引き取らせた。

その後、自分も寝室に引き上げ、ベッドの端《はし》に腰掛《こしか》ける。ネクタイのノットを緩め、仰向《あおむ》けにぱたんと倒れ込んだ。

天井《てんじょう》をぼーっと見上げる。

(疲《つか》れた……)

こんなに疲れたのはひさしぶりだ。昨夜あまり眠《ねむ》れていないせいもあるが、肉体的な疲労《ひろう》よりも、精神的なダメージが大きい。ラシードに無視されるのが、こんなに辛いと思わなかった。自分でそう差し向けた結果なので、余計にやるせない……。

この状態がこの先もずっと続くのか。

こんなふうにすれ違ったまま、別れの日を迎《むか》えるのか。

二度とラシードの笑顔《えがお》を見ることなく……。

そう思ったとたん、気持ちがずしっと沈《しず》む。桂一は眉《まゆ》をひそめて目を瞑《つぶ》り、ごろっと転がった。胸苦しさをやり過ごすために、横向きの状態でしばらくじっとしていると、ガチャッとドアが開く音が聞こえてくる。ぱちっと目を開いた。——バタン。

やっぱりそうだ。ラシードが部屋から出てきた！

ガバッとベッドから起き上がり、ずれた眼鏡《めがね》を直しながら寝室から飛び出る。アラブ服から黒のジャケットと白いシャツ、黒のボトムに着替《きが》えたラシードが、ちょうど出入り口へ向かおうとしているところだった。

『どこへ行かれるのですか？』

エントランスで追いついた桂一の問いかけに、ラシードがうるさそうな顔をしつつも『出かける』と答える。

『えっ』

桂一と約束して以降ラシードが夜遅《よるおそ》くに外出をすることはなかったので、そう思ってリムジンを帰してしまった。

『今からですか？……どちらへ？』

『どこだっていいだろう』

邪険《じゃけん》な物言いにツキッと胸が軋《きし》む。取り付く島のなかった以前のやりとりに逆戻《ぎゃくもど》りだ。

こんな時間から……女性を探しに行くのだろうか。

いつかのようにラシードが女性と抱《だ》き合う？　それを自分は黙ってドアの外で見守らなければ

ばならないのか。

考えただけで、胃がキリキリと痛む。吐きそうだ。

(嫌《いや》だ……それは嫌だ)

昨夜、自分でけしかけておいて、いざラシードがそうしようとすると、させたくない気持ちがふつふつと湧《わ》き上がってくる。そんな自分に自分で呆《あき》れたが、どうしようもなかった。

前の時は不快ではあったがまだ耐《た》えられた。けれど、彼への恋情《れんじょう》を自覚してしまった今はもう耐えられない。途中《とちゅう》で逃《に》げ出さない自信がない。

『あんたはついて来なくていい。ひとりで出かける』

千々に乱れる想《おも》いに唇《くちびる》を噛《か》み締めていた桂一は、突《つ》き放すような低音に、はっと顔を上げた。

苛立《いらだ》った表情のラシードと目が合う。

今にも自分を置いて出かけてしまいそうだ。

(私的な感情に振り回されている場合じゃない)

かろうじてSPとしての使命を取り戻すと、桂一はまっすぐラシードを見据《みす》え、『そういうわけには参りません』と告げた。

『今、車を手配しますから、少し待ってください』

言うなり携帯を取り出し、こういった時のために登録してあった成宮総支配人の番号を押す。

5コールで繋《つな》がった。

『はい、成宮です』

「夜分にすみません、東堂です。ラシード殿下《でんか》が今から外出を希望していらっしゃるんですが、実は私の判断ミスでリムジンを帰してしまいまして。できれば流しのタクシーは使いたくないのですが……」

『了解《りょうかい》しました。駐車場《ちゅうしゃじょう》に私が公用で使うための車があるのですが、それをご使用になりますか？』

総支配人専用の公用車ならば、整備も万全《ばんぜん》だろう。

「助かります。お借りしても大丈夫《だいじょうぶ》ですか？」

『通勤には使っておりませんので大丈夫です。ただ、運転手はいないのですが』

「運転は私がしますので問題ありません」

では、ただちに正面玄関《げんかん》の車寄せに回すように手配します――そう言って、成宮が通話を切った。

携帯を仕舞《しま》い、桂一はラシードに向き直る。

『車が確保できました。運転は私がします』

『…………』

ラシードは憮然《ぶぜん》とした表情で何も言わなかった。

正面玄関前の車寄せで、成宮が用意してくれたシルバーボディのハイブリッドセダンに乗り込む。運転席でシートベルトを着用した桂一は、後部座席のラシードに尋《たず》ねた。

『どちらへ向かいますか？』

『適当に走らせろ』

『適当……と言われましても』

困惑《こんわく》した声を出すと、しばらくの沈黙《ちんもく》のあとで、『海が見たい』と言われた。

『海ならば、どちらでもよろしいですか？』

『ああ……任せる』

要するに、具体的に行きたい場所はなく、なんとなくドライブしたい気分ということだろう。

『かしこまりました』

漠然《ばくぜん》としたオーダーだったが、そう判断して、車を発進させる。

（とりあえず、お台場あたりを目指すか）

それきり会話は途絶《とだ》え、車が走り出して三十分ほどが過ぎても、車内は静まり返ったままだった。時折ルームミラーで確かめるラシードは、窓の外に顔を向けている。桂一のほうをちらりとも見ようとしない。

狭《せま》い密室という相手の一挙手一投足を意識せざるを得ない空間で、故意に無視されるのは、精神的にかなりきつかった。桂一とて、相手が普通《ふつう》のＶＩＰならば、何時間会話がなかろうがなんとも思わない。だが相手がラシードだと、平静ではいられない。

沈黙が長引くにつれ、息苦しさがどんどんと募《つの》ってきた桂一は、ついに耐えきれなくなって口を開いた。

『音楽でもかけましょうか』

『……要《い》らない』

『……はい』

ＢＧＭも拒絶《きょぜつ》されてしまえば、いよいよ逃げ場《ば》がない。こんな気まずい空気のままドライブなんて一種の拷問《ごうもん》だ。

早く海に着いてくれ。

念じつつ、なんとか運転に集中しようとしたが、後ろにラシードがいると思うと、どうしてもその存在を意識してしまう。別のことを考えようとしても、いつの間にか思考が彼に戻《もど》ってしまうのだ。

（そういえば）

ラシードは後継者《こうけいしゃ》指名を受けるのだろうか。今日も一日病室にいたが、それに関しては言及しなかった。父親と和解した今、指名を受けない理由はないような気がするが。

そんなことをつらつらと考えていた桂一の口から、思わず、といった感じで声が零《こぼ》れた。

『あの……』

ルームミラーに映り込んだラシードがこちらを見る。目と目が合い、覚えず喉《のど》が鳴った。どうしようかと躊躇《ちゅうちょ》したのちに、えいままよと思い切って疑問を口にする。

『お父上の指名を……受けるのですか？』

刹那《せつな》、ラシードの表情が曇《くも》った。……しまった。

（訊《き》いてはいけなかったか？）

失言だったかと内心で動揺《どうよう》していると、ラシードがミラー越《ご》しに強い眼差《まなざ》しを向けてきた。

やがて、低い声で問いかけてくる。

『あんた……俺のことをどう思っている？』

『えっ……』

唐突《とうとつ》な問いかけに、桂一は狼狽《ろうばい》した。

どう思うって……どういう？

『答えろ』

戸惑《とまど》っている間に急《せ》いた声でせっつかれ、桂一は言葉を選びながらも答えた。

『貴方《あなた》は……私が全霊《ぜんれい》をかけて護《まも》るべき警護対象者です』

『……それだけか』

昏《くら》く沈《しず》んだ声に胸を衝《つ》かれ、本心を言ってしまいたい衝動《しょうどう》が込み上げる。

それだけじゃない。あなたを護りたいのは、これが公務だからじゃない。

あなたは自分にとって特別な人だから。とても、大切な人だから。

……言ってしまいたい。

でも、言えない。言ってはいけない。

相手は一国の王子。ことによれば国王になるかもしれない立場。そんな人の心を、少しでも乱すような不用意な発言はしてはならない……。

ぐっと奥歯を嚙み締《し》め、本当の気持ちを吐露《とろ》してしまいたい欲求《よっきゅう》と闘《たたか》っていると、ルームミラーの中のラシードが顔を歪《ゆが》め、『……もういい』と吐《は》き捨てた。

『停《と》めろ』

『え？　でもまだ…』

『いいから車を停めろ！』

苛立った声の命令に、桂一は仕方なくウィンカーを出して右折し、目についた倉庫の駐車場に車を滑《すべ》り込ませた。

このあたりは東京港にほど近いが海は見えず、目に入るのは倉庫ばかりだ。その倉庫も明かりが落ち、薄暗《うすぐら》い街灯に照らされて、四角いシルエットがぼんやりと浮《う》かび上がっている。時間が時間のせいか、駐車場自体にも数台の車がぽつりぽつりとまばらに停められているのみで、人気はなかった。

エンジンを切り、シートベルトを外した桂一は、運転席から外に出た。びゅうっと吹《ふ》きつけてくる冷たい海風に顔をしかめ、ジャケットの裾《すそ》を翻《ひるがえ》しながら、後部座席のドアを開ける。ラシードがしなやかな動きでアスファルトの地面に降り立った。

閑散《かんさん》とだだっ広いだけで何もない、こんなところで降りてどうするのだろうと思っているうちに、ラシードが桂一に背を向け、ひとりで歩き出した。

『ラシード、あまり遠くへは……』

そう声をかけようとした時、背後でキッと車の停まる気配を感じる。振《ふ》り返った桂一の視界に、横付けされた黒塗《くろぬ》りのＳＵＶが飛び込んできた。左右のドアがガチャッ、ガチャッと音を立てて開き、車の中からふたりの男が出てくる。ふたりともに黒っぽいスーツを着ており、ひとりがスキンヘッドに近い短髪《たんぱつ》で、もうひとりがオールバック。

大柄《おおがら》なふたりがこちらに近づき、距離《きょり》が縮まるに従い、顔のディテールがはっきりとしてきた。……日本人にしては彫《ほ》りが深い。

認めると同時に、微弱《びじゃく》な電流が流れたようにチリッと首筋が粟立《あわだ》った。

（なんだ？）

嫌《いや》な予感に両目を眇《すが》めた瞬間《しゅんかん》、男たちが胸許に片手を突《つ》っ込む。

『…………っ』

桂一は弾《はじ》けるように身を翻し、『ラシード！』と叫《さけ》んだ。そのままどんっと体当たりをして、ラシードともどもアスファルトにダイブした。

足を止めたラシードに向かって猛《もう》ダッシュをかける。そのままどんっと体当たりをして、ラ

パンパンッと乾《かわ》いた銃声《じゅうせい》が響《ひび》き、ラシードの上に覆《おお》い被《かぶ》さった桂一の右肩《みぎかた》と左脚《ひだりあし》の太股《ふともも》の近くでアスファルトが抉《えぐ》れる。体の下のラシードが身じろごうとするのを察し、桂一は『動かないで伏《ふ》せて！』と怒鳴《どな》りつけた。

直後、もう一度パンッと破裂《はれつ》音が響き、背中に激しい衝撃《しょうげき》を感じる。

「うっ……」

（撃た……れた？）

左肩胛骨《けんこうこつ》の下をハンマーか何かで強く殴《なぐ》られたような衝撃に、一瞬《いっしゅん》息ができなくなり、ふっと意識が遠のきかけた。

『ケイ!!』

ラシードの呼びかけではっと正気を取り戻す。

防弾《ぼうだん》ベストを着けていなければ、心臓をやられて即死《そくし》だっただろう。全身がひやっとした。

男たちの射撃《しゃげき》は正確だ。プロ級の腕《うで》と言っていい。

気を引き締め、桂一はジャケットの下のホルスターから拳銃《けんじゅう》を抜《ぬ》き出した。

『私が威嚇射撃《いかくしゃげき》をしている間にあの車の陰《かげ》に待避《たいひ》してください』

　ラシードにそう指示を与《あた》えるなり身を返し、中腰《ちゅうごし》になって拳銃を構える。実戦で銃《じゅう》を使うのは初めてだったが、躊躇っている時間はなかった。男たちの体から少し離《はな》れた位置を狙《ねら》い、立て続けにパンパンパンパンと発砲《はっぽう》する。反撃《はんげき》を受けた男たちがくるりと反転し、バタバタと引き返した。

『今です！　走って！』

　その隙《すき》に、ラシードが一番近くの車の陰へ走り込む。ラシードが無事に避難《ひなん》したのを見計らい、桂一も横っ飛びで車の後ろにスライディングした。脇腹《わきばら》をアスファルトに打ちつけつつもなんとか起き上がる。

『ケイ！』

　ラシードが駆《か》け寄ってきて顔を覗《のぞ》き込んだ。

『撃《う》たれたんじゃないのか？　大丈夫《だいじょうぶ》か⁉』

『防弾ベストを着けていましたから』

　ラシードが天を仰《あお》ぎ、心底安堵《あんど》した表情で『……よかった』とつぶやく。その顔を見たら、今頃《いまごろ》になってぶるっと震《ふる》えが走ったが、ともすれば全身を蝕《むしば》みかねない恐怖心《きょうふしん》を、使命感でねじ伏せた。

『あいつら……何者だ？』

　ふたりで車のボンネットの陰に身を潜《ひそ》め、車越しに謎《なぞ》の襲撃《しゅうげき》者たちを睨《にら》みつける。

『わかりませんが……外国人のようです。貴方を狙撃《そげき》する機会を狙って、どこからか尾行《びこう》してきていたらしい』

答えながら桂一は、運転している間中ラシードの存在に気を取られていて、尾行に気がつかなかった自分に臍《ほぞ》を噛《か》んだ。だが、今は己《おのれ》の不覚を悔《く》やんでいる場合ではない。反省ならいつでもできる。

今、何より優先すべきは、ラシードを護ること。

男たちは側面を見せた車の後ろから銃を構え、こちらを狙っている。

桂一は携帯《けいたい》を取り出し、伊達のナンバーを押した。早く出てくれという祈《いの》りが通《つう》じたのか、3コールを数えたところで伊達が出る。

「東堂です。現在、ラシード殿下《でんか》とふたりで、銃を持つ何者かの襲撃に遭《あ》っています。敵は二名。射撃のプロ級の腕を持つ外国人です。正確な場所についてはGPS測位で確認《かくにん》を願います」

『わかった。応援《おうえん》が駆けつけるまで、ラシード殿下を護りきってくれ』

「了解《りょうかい》」

通話を切り、パタンとフリップを折《お》り畳《たた》んだ。この携帯に付いているGPS機能で場所を特定し、応援が到着《とうちゃく》するまで、早くて十分というところか。その間、このまま身を潜めていて、凌《しの》ぎきれるものだろうか。

こちらの残る弾《たま》は三発。敵がどれほどの弾を持っているのかはわからない。

もし相手が圧倒的《あっとうてき》な数の弾を持っていたら……躱《かわ》しきれないかもしれない。

だったら、まだ弾があるうちに打って出たほうがいい。

だが、視界の利《き》かない薄闇《うすやみ》の中、限られた弾数で相手に確実なダメージを与えるのは至難の業《わざ》だ。

（どうする？）

じりじりと背中を這《は》い上がる焦燥《しょうそう》を堪《こら》え、頭をフルスピードで回転させていた桂一は、首を捻《ひね》って傍《かたわ》らのラシードを見た。ラシードもこちらを見ていたらしく、視線がかち合う。このところまともに目を合わせてもらっていなかったので、碧《あお》い瞳《ひとみ》を正面から見るのはひさしぶりだった。

熱を帯びた眼差《まなざ》しを注いでくるラシードをじっと見つめ返し、真剣《しんけん》な面持《おもも》ちで切り出す。

『先制攻撃《こうげき》をかけたいのですが、私ひとりでは無理です。協力していただけますか？』

『もちろん』

『本来ならば、警護対象者である貴方《あなた》を危険な目に遭わせるようなことはすべきではないのですが……』

『ルールなんて破るためにあるんだよ。ひとりよりふたりのほうが成功の確率が上がるならそうすべきだ』

やや傲慢《ごうまん》な口調でそう告げたラシードが、口許《くちもと》に不敵な笑《え》みを浮かべる。

『それに、ちょうどクサクサしていたところだ。いい気晴らしになる』

自分の命が狙われている現場で、いつかと同じような台詞《せりふ》を吐《は》くラシードに力が抜け、最後の迷いが消えた。ふっと微笑《ほほえ》んだ桂一は、直後すぐに表情を引き締《し》めて告げる。

『まず、私たちの車に戻《もど》ります』

『わかった』

身を屈《かが》め、薄闇に紛《まぎ》れるようにして、点在する車の陰から車の陰へと渡《わた》り歩《ある》き、ついにシルバーボディのハイブリッドセダンに辿《たど》り着いた。セダンは、敵の車から五メートルほど離《はな》れた位置に、左斜《なな》め四十五度の角度で停《と》まっている。

『敵に気がつかれないように車の中に入って待機。私の合図を待ってエンジンをかけてください』

桂一の指示に従ったラシードが、地面を這うようにしてそろそろと助手席に近づき、静かにドアを開ける。車に乗り込み、頭を屈めて助手席から運転席へ移った。差し込んだままだったキーに手をかける。

その間、桂一は開いたドアを盾《たて》にして銃を構えていた。

スタンバイしたラシードが、車の中で桂一の合図を待っている。

（……もうちょっと……あと少し……）

痺《しび》れを切らした男たちが、じりじりと前へ出てくる。その体が自分の射程距離《きょり》内に入ったと判断した瞬間、桂一は腕を振《ふ》り上げた。

桂一の合図を受けて、ラシードがキーを回し、エンジンをかけた。エンジン音に反応した男たちがこちらに顔を向ける。それを待ち構えていたラシードが車のヘッドライトを点《つ》けた。

『…………ッ』

いきなりライトを浴びた男たちが怯《ひる》んだ一瞬の隙に、桂一は右側のオールバックの男の利《き》き腕を撃ち抜く。

野太い悲鳴があがり、男が拳銃を取り落とした。間髪《かんはつ》容れず、続けて左のスキンヘッドの右手を狙う。敵からの攻撃を避《さ》けたせいで一発は外したが、最後の弾で肩《かた》を撃ち抜いた。スキンヘッドがもんどり打つ。

すると、運転席のドアからラシードが飛び出してきて、銃を失った男たち目がけて走り出す。打ち合わせにはない展開だ。桂一もあわててラシードのあとを追う。

『ラシード！　無理をしないでください！』

圭一の叫びにもスピードを落とさず、オールバックに飛びかかったラシードが、男の鳩尾《みぞおち》に膝蹴《ひざげ》りを入れた。さらに右のフックをレバーに叩《たた》き込む。

男が声もなく前屈《まえかが》みに頽《くずお》れるのを横目で確認して、桂一はスキンヘッドと対峙《たいじ》した。肩を痛めている男の懐《ふところ》にすかさず入り込み、その腕を摑《つか》むや、くるりと体を入れ替《か》えて背負い投げをかける。アスファルトにどぅと投げ出された男に駆け寄り、その首筋に手刀を入れた。男がぐったりと意識を失う。

腰《こし》から手錠《てじょう》を取り出し、後ろ手に回したスキンヘッドの両手首にカチッとかけた。

『怪我《けが》はありませんか？』

ラシードに尋《たず》ねると、自分が倒《たお》した男の腕《うで》を後ろに回しながら『大丈夫だ』と答えが返る。

その元気そうな声にほっとした時、遠くからパトカーのサイレンが聞こえてきた。

9

「しかし、ナウファルが陰《かげ》で糸を引いていたとはな」

ラシード襲撃についての事情聴取《ちょうしゅ》を終え、警視庁十六階の警護課に戻った桂一は、すぐさま上司の伊達に呼ばれた。「いろいろとご苦労だったな」という労《ねぎら》いのあと、感慨《かんがい》深《ぶか》く伊達が落としたのが、先の台詞だ。

ラシード殿下《でんか》襲撃《しゅうげき》の容疑で現行犯逮捕《たいほ》された外国人男性二名の供述によって、襲撃を指示したのはナウファルであることが判明。ただちに捜査官《そうさかん》が滞在《たいざい》先のホテルに向かい、部屋にいたナウファルの身柄《みがら》を拘束《こうそく》した。

「ナウファルがラシード殿下を煙《けむ》たがっているのはわかっていましたが、まさか命を奪《うば》おうとまでするとは、さすがに予想がつきませんでした。おそらく、殺意の引き金となったのは、国王の指名だとは思いますが……そこまでしてラシード殿下が王位に就《つ》くのを阻《はば》みたかったんでしょうか」

いまだ衝撃《しょうげき》を引きずる桂一の声音《こわね》に、伊達も「そうだな」と渋《しぶ》い顔で腕を組む。

「ナウファルはカマル王太子の側近中の側近で、石油相の地位にある。その地位を利用して相当な利権を得ていたんだろう。カマル王太子が国王になれば、自分の立場も盤石《ばんじゃく》なものになると目論《もくろ》んでいたナウファルにとって、国王がラシード殿下を後継者《こうけいしゃ》に指名したことは、それを根底から覆《くつがえ》しかねない大きなダメージだったんだろうな」

伊達の見解を耳に、国王がラシードを指名した際の、ナウファルの驚愕《きょうがく》の表情を思い出した。病床《びょうしょう》の国王に対して『承服致《いた》しかねます！』と食ってかかっていた鬼気迫《ききせま》る様子は、たしかにただ事ではなかった。

しかし、抗議《こうぎ》の言葉を国王に退けられ……。

折り合いの悪いラシードが国王になったら、自分は必ずや失墜《しっつい》する。そうなる前になんとかしなければと焦《あせ》り、襲撃《しゅうげき》という荒《あら》っぽい手段に打って出たのだろうか。

ラシードがサクルを手放したこと、現在の警護の手薄《てうす》さを鑑《かんが》み、やるならば今だと一《いち》か八《ばち》かの賭《かけ》に出たのかもしれない。要は、桂一が舐《な》められていたことになるが。

「得てしてお世継《よつ》ぎ問題は、当事者たちよりも、その周りの支持者たちが騒《さわ》ぎを大きくするものだ。彼らにとっては、支持している王子がトップに登《のぼ》り詰《つ》めるか否《いな》かで、自分たちの生活に多大な影響《えいきょう》があるからな」

「…………」

自分の意志とは関係のないところで、否応《いやおう》もなく、ラシードはいろいろな人間の思惑《おもわく》に巻き込まれてしまう可能性があるのだ。改めてそのことを実感し、桂一は奥歯を嚙《か》み締めた。

「ナウファルと襲撃犯二名は、今後どうなるのでしょうか」

「それなんだが、外務省との話し合いの結果、ナウファル以下三名は本国へ強制送還《そうかん》され、マラークの法律で裁かれることになった。日本では立件せず、従ってマスコミにも公表はされない。極秘《ごくひ》案件として処理されるので、そのつもりでいてくれ」

そうなるであろうことはあらかじめ予想がついていたので、桂一は「はい」とうなずく。

「銃弾《じゅうだん》を受けた痕《あと》はどうだ？」

「痣《あざ》になっていますが、骨などは問題ないようです。念のため、明日にでも警察病院に立ち寄ってみます」

「そうしてくれ。しかし……歴代のＳＰで銃撃戦《じゅうげきせん》を経験したのはおまえが初めてだな」

複雑な表情の伊達に、桂一は「できれば二度と経験したくありません」と真顔で答えた。

カーサに戻ることができたのは深夜の二時を過ぎていた。

八〇三号室のドアをキーで開け、そっと開く。ラシードは簡単な聞き取りのあと、すぐに解放されているので、ずいぶんと前にホテルに戻っているはずだ。

もう寝《ね》ているかもしれないと思い、なるべく物音を立てないように部屋の中に入った。エントランスから主室に足を踏《ふ》み入れると、ソファに座っていた誰《だれ》かが不意に立ち上がる。

『ケイ！』

突然《とつぜん》大きな声で名前を呼ばれて、桂一はぴくっと肩を揺《ゆ》らした。

『……まだ起きていらしたんですか？』

立ち尽《つ》くす桂一に向かって、ラシードが大きな歩幅《ほはば》で近づいてくる。

一歩手前で足を止めたラシードが、桂一の顔を食い入るような熱っぽい眼差《まなざ》しで見下ろして言った。

『あんたを待っていた』

待っていた？

眠《ねむ》らずにこんな遅《おそ》くまで？

『あんまり遅いから、今夜はもう戻《もど》って来ないかと思った』

今度は拗《す》ねたような表情でつぶやく。

『……すみません。事情聴取や上司への報告などで遅くなってしまいました』

言い訳をしながら、間近のラシードの顔を見上げているうちに、胸の奥から熱いものがひたひたと込み上げてきた。

（よかった）

この人を失わずにすんで……本当によかった。

ＳＰとしての自分は、今振《ふ》り返っても失態が多く、反省すべき点が山ほどあるが……兎《と》にも角にもラシードが生きて、怪我もなく、この場にいるという幸福を今は嚙み締《し》めたい。

感慨《かんがい》に両手を握《にぎ》り締め、ラシードをじっと見つめていると、紺碧《こんぺき》の双眸《そうぼう》がじわりと細まった。

『ケイ……話がある』

やがて改まった口調でそう言われ、『話、ですか？』と聞き返す。

こんな時間に？　とも思ったが、ラシードの顔つきがあまりに真剣《しんけん》なので、誘《さそ》われるがままに桂一はソファに腰を下ろした。

傍《かたわ》らに腰《こし》掛《か》けたラシードが、桂一のほうへ体を傾《かたむ》けてくる。桂一も話がしやすいように体を斜《なな》めにしたので、自然と顔を向き合わせる形になった。

『まず、礼が言いたい』

神妙《しんみょう》な顔つきでそう切り出したラシードに、桂一は両目を軽く瞠《みは》る。

『今夜、あんたが身を挺《てい》して庇《かば》ってくれなかったら、俺は死んでいたかもしれない。少なくとも、怪我はしていただろう。命の恩人のあんたには感謝している』

以前に、マラークの辞書には『ありがとう』という単語は載《の》っていないのかもしれないと、穿《うが》った考えを持ったことを思い出した。少し前までのラシードは、他人からの奉仕《ほうし》を当然と受け止め、厚意にも鈍感《どんかん》なところがあった。

（そのラシードが……）

意表を突《つ》かれている間に、ラシードが頭を下げる。暗い金髪《きんぱつ》と形のいい旋毛《つむじ》をぼんやりと見つめていた桂一は、ほどなくはっと我に返った。

一国の王になるかもしれない立場の王子が、自分に頭を下げるなどとんでもない。

『いけません！　頭を上げてください！』

桂一があわてた声を出すと、ラシードが顔を上げ、桂一の目をまっすぐ見つめて『ありがとう』と言った。

『あ……』

『それともうひとつ。これは礼を言うのが遅くなったが、父と話すことができたのもあんたのおかげだ。あんたがあの時「恐《おそ》れずに素直《すなお》な気持ちを伝えろ」と言って背中を押してくれなかったら、父との和解はなかったと思う。ありがとう』

『ラシード……』

この言葉には、胸がじわっと熱くなった。

感謝の言葉が欲しいと思っていたわけではないが、それでもやっぱり、そう言われれば嬉《うれ》しい。

（もう……充分《じゅうぶん》だ）

ラシードの人生に、ほんの少しでも関《かか》わることができた。ラシードと父君の和解の一助を担《にな》えた。ラシードを狙《ねら》う凶弾《きょうだん》の前に身を投げ出すこともできた。

それだけで充分だと思わなければ。

これ以上を望むのは、身に余る過分な欲《よく》というものだ。

自分に言い聞かせていると、ラシードが『ケイ』と呼んだ。その顔が、今まで見たことがないほどに緊張《きんちょう》して見えて、桂一は戸《と》惑《まど》った。

『どうし……』

『あんたと出会って、俺は少しずつだけど変わることができた……気がする』

『………』

『ずっと変わりたいと思っていた。このままじゃいけないことはわかっていた。だからといって、自分ではどうすることもできなかった。母親が自分の国に帰ってしまい、マラークにひとり取り残された時から……俺は、一族の中で自分が浮《う》いた存在だと感じていた。父親に疎《うと》まれ、周りからは異《い》端《たん》として腫《は》れ物を扱《あつか》うようにされ、国民からも望まれていない。いつも不安で、どこにも身の置き場がなくて、早くここから逃《に》げ出したいと思っていた。だから十五になるとすぐに英国へ逃げた』

当時の自分を振り返る低い声に、鬱積《うっせき》した感情が滲《にじ》む。

『でも母親が再婚《さいこん》してしまい、英国にも居場所がなくなった。仕方なく米国の大学に入ると、父がサクルを護衛として寄越《よこ》した。サクルが監《かん》視《し》役だってことはわかっていたから、敢《あ》えて無《む》茶《ちゃ》ばかりした。どうせ嫌《きら》われているなら、徹底的《てっていてき》に嫌われてしまえと思ったんだ。馬《ば》鹿《か》騒《さわ》ぎも女遊びも、ある程度やったら飽《あ》きたけど、やめるきっかけが自分じゃ摑《つか》めなかった。アシュラフには「いい加減にしろ」と諭《さと》されたけれど……意地になっていたんだと思う』

自分の心情を分析《ぶんせき》するラシードの言葉に余計な口を挟《はさ》まず、桂一はただ黙《だま》って耳を傾けた。

『今年に入って父の病気を知って……憎《にく》んでさえいたはずなのに、居ても立ってもいられない気分になった。でもいざ日本に来たら、会うのが怖《こわ》くなった。ガキみたいだけど、面と向かって拒絶《きょぜつ》されたらどうしようって……』

そのあたりの葛藤《かっとう》は、桂一も側《そば》で目《ま》の当たりにしていたから知っている。

まだラシードの人となりに触《ふ》れていなかった頃《ころ》は、わざわざ来日しておきながらなぜ見舞《みま》いに赴《おもむ》かないのかと不思議だったけれど。

『アシュラフに促《うなが》されて勇気を振り絞《しぼ》って病院に出向いたら、ナウファルに「王位が欲しいんだろう」なんて面罵《めんば》されて、心が折れて……あの時は最悪だった』

ラシードが眉間《みけん》にくっきりと筋を刻んだ。

本当に、あのことがなければ、もっと早くに親子は和解していたかもしれない。その後の襲《しゅう》撃《げき》といい、つくづくナウファルの言動は許せるものではないが、その悪行の報《むく》いは国に戻ってから充分に受けることになるだろう。

『往生際《おうじょうぎわ》悪く逃げ回る意気地《いくじ》のない俺を、あんたは叱《しか》ってくれた。初めは口うるさくて正直うざいって思ったし、部外者に何がわかるってむかついたりもしたけど……俺がどんなにキレても、あんたは退《ひ》くことなく食い下がってきた。王子だからって俺を特別扱《とくべつあつか》いも、腫れ物に触《さわ》るみたいにもしないで、対等の立場で真正面から何度もぶつかってきてくれた。あんたみたいなやつに会ったのは、初めてだった』

ラシードの真摯《しんし》な眼差しが、桂一の視線を揺るぎなく捉《とら》えてくる。

『あんたのおかげで、俺は自分の中のいろいろな壁《かべ》を乗り越《こ》えることができた。結果的に、少しずつだけど変わることができた。あんたには、本当に心から感謝している』

言葉どおり、それが心からの謝辞だと伝わってきて、胸が震《ふる》えた。

『そんなふうに思っていただけて……光栄です』

喉《のど》の奥から熱いものが溢《あふ》れそうになるのを堪《こら》え、わななく唇《くちびる》を開く。

『私こそ……感謝しています』

『ケイ？』

『貴方《あなた》に会えたことで、私も変わることができました』

（そうだ……自分も変わった）

ラシードと会うまでは、二十七年間生きてきて「自分」というものがある程度出来上がった気になっていた。他人との深いつき合いが苦手な自分を容認し、今更《いまさら》この性格が変わりようもないと、どこかで諦《あきら》めてもいた。私情を抑《おさ》え込むＳＰとしての訓練を積んだことで、ことさら対人関係にクールになっていた気もする。

だが、自由奔放《ほんぽう》なラシードと向き合った時、取り澄《す》ました自分ではいられなくなった。

本気で、体当たりでぶつからなければならなくなり、心の奥に眠《ねむ》っていた生々しい感情を無理矢理《りやり》に引きずり出された。揺《ゆ》さぶられ、振り回されて、長年に亘《わた》って培《つちか》ってきた「ルール」や「モラル」の壁を次々と壊《こわ》された。

取り繕《つくろ》うこともできず、丸裸《まるはだか》にされて……その結果、自分の中に、今まで知らなかったたくさんの感情が生まれた。

嫉妬心《しっとしん》、独占欲《どくせんよく》……何よりも、誰《だれ》かを狂《くる》おしく求め、愛すること。

自分が誰かをこんなふうに好きになる日が来るなんて……思わなかった。

抑えても抑えても溢れてくる想《おも》いを噛《か》み締める桂一の視界の中で、ラシードがつと眉《まゆ》をひそめる。

『ケイ、俺は……』

何かを言いかけ、不意に口を噤《つぐ》んだ。束《つか》の間躊躇《ためら》うように碧《あお》い瞳《ひとみ》を揺らしてから、もう一度唇を開く。

『あんたにとって俺は……単なる警護対象でしかないのかもしれない。俺のことを身を挺して護《まも》ってくれたのだって、それがあんたの仕事だからってこともわかってる』

『ラシード？』

『年下だし、異国の人間だし、男だし……恋愛《れんあい》対象にはならないのはわかっている。でも、俺は……っ』

言葉を詰《つ》まらせたラシードが、桂一の手を掴み、ぎゅっと握《にぎ》ってきた。びくっと顔を上げた先に、これ以上ないほどに真剣《しんけん》な顔がある。深い海の色に宿る強い光。

『好きなんだ』

『……っ』

一瞬《いっしゅん》、何を言われたのかわからなかった。

『あんたが……好きだ。俺だけのものにしたい。一生、誰にも触らせずに俺だけのものにしたい』

譫言《うわごと》のように熱っぽく言葉を紡《つむ》がれ、無意識にも小さく首を横に振《ふ》る。

『う、そ……』

『嘘《うそ》じゃない！』

すぐに激しい声で断じられた。自分の気持ちが伝わらない苛立《いらだ》ちからか、ラシードは思い詰めた顔つきで、さらにきつく桂一の手を握り締《し》める。

『こんなふうに人を欲しいと思ったのは初めてだ。あんたのことを考えると脈が早くなって、体が熱くなって……苦しいくらいに心臓がドキドキする』

切なげに双眸《そうぼう》を細めたラシードが、握っていた桂一の手を自分の左胸に導いた。

『――ほら』

『……あ』

手のひらから伝わる少し早い鼓動《こどう》に息を詰める。

本当……なのか？

トクトクと早鐘《はやがね》を打つ心臓の音を感じているうちに、だんだんと実感が湧《わ》いてきた。

本当に？　ラシードが自分を……好き？

(信じられない)

それでもまだ完全には信じ切れなくて、言葉を発せずにいると、ラシードが心臓に当てていた桂一の手を持ち上げた。自分の唇まで持ってきて、指先にくちづける。何かの誓《ちか》いのように恭《うやうや》しく唇を押しつけ、そっと離《はな》したあとで、上目遣《うわめづか》いに問いかけてきた。

『あんたは？』

『…………』

『あんたは俺のこと……どう思っている？』

意を決したように問うラシードを、桂一は見つめ返す。

今、ここにいるのは、誰をも魅了《みりょう》する美貌《びぼう》のカリスマでも、遊び慣れたアラブの王子でもない。

初めての恋《こい》に戸惑うひとりの若者——恋に臆病《おくびょう》な生身の男だ。

不安な面持《おもも》ちで、縋《すが》るような眼差《まなざ》しで、自分の返答を待つ男が、心から愛《いと》おしかった。

誰よりも……愛おしい。

そう遠くない日、引きずっていた思春期の憂《うれ》いを乗り越えたラシードは、マラークの国王となり、自分の手の届かない存在になってしまうのだろう。

(それでも)

それでもいい。

たとえ限られた時間でも、この一瞬だけでも、自分の気持ちに正直になりたい。

SPという鎧《よろい》を脱《ぬ》ぎ捨て、本当の気持ちを伝えたい。

彼と——初めて愛した男と、心を通い合わせたい。

込み上げる熱い衝動《しょうどう》のままに、桂一は震える唇を開いた。

『私も……貴方を大切に想っています。誰よりも……大切に』

かすれた声を喉から絞り出した瞬間《しゅんかん》、ラシードが両目を大きく見開く。驚《おどろ》きの表情が、ほどなくゆっくりと蕩《とろ》けた。摑まれていた手を引かれ、ラシードの胸の中に倒《たお》れ込むと同時にぎゅっと強く抱《だ》き締められる。

『愛している……ケイ』

耳許《みみもと》に落ちる甘い囁《ささや》きにうっとりと微笑《ほほえ》み、桂一もまた、たった今警護対象者から恋人《こいびと》になったばかりの男の背中をしっかりと抱《だ》き返した。

『あんたが欲しい』

耳許に熱っぽく囁かれ、体が震える。

声に出すことはまだ少し恥《は》ずかしくて、桂一は目で答えた。

私も……貴方が欲しいです。

言葉にせずともきちんと通じたらしく——嬉《うれ》しそうに微笑んだラシードに手を取られた。そのまま手を引かれ、主寝室《しゅしんしつ》までゆっくりと歩く。

ラシードが開いたドアの向こうに、天蓋《てんがい》付きの大きなベッドが見えた。前の時は何がなんだかわからないままに寝室《しんしつ》に引き込まれ、気がつくと押し倒されていたが、今回はベッドを前にして改めての感慨《かんがい》があった。

あそこで、これから自分たちは抱き合うのだ。

そう思ったら居たたまれない気分になり、心臓がトクトクと早鐘を打ち始める。

桂一が赤い顔で立ち尽《つ》くしていると、ラシードが握った手をぐっと引いた。ベッドまで導かれ、ふたりで並んで腰《こし》を下ろす。

『……ケイ』

かすれた声で甘く名前を呼ばれて、「恋人」の艶《なま》めいた美貌を見上げた。視線と視線が絡《から》み合う。

やがて紺碧《こんぺき》の双眸がふっと切なげに細まった。両目を細めたまま、美しい貌《かお》が近づいてくる。ラシードの唇《くちびる》が桂一の唇にそっと触《ふ》れた。濡《ぬ》れた舌先で上唇と下唇の狭間《はざま》を突《つ》かれ、迎《むか》え入れるようにおずおずと開いた唇の間に、厚くて硬《かた》い舌がぬるっと忍《しの》び込んでくる。

『……んっ』

ひさしぶりのキス。一度でも受け入れたら、ずるずると流されてしまいそうで、それが怖《こわ》くてずっと拒《こば》んでいた。

そしてやっぱり、その予感は正しかった。

一度その熱い唇に触れたら、何度でも欲しくなる。

いくらでも……したい。いつまでもしていたい。

上顎《うわあご》の敏感《びんかん》な部分を舌先で刺激《しげき》され、舌を搦《から》めて吸い上げられて、口から溢《あふ》れた唾液《だえき》が唇の端《はし》から滴《したた》った。

『んっ……ん、ッ……ッ』

くちづけが深まるにつれて全身が熱を孕《はら》み、頭の芯《しん》がぼぅっと痺《しび》れていく。

体が……熱い。

行為《こうい》のほんの入り口でもう昂《たか》ぶり始めている自分に戸惑《とまど》っていると、ラシードの手が桂一の肩《かた》を摑《つか》んできた。体重をかけるようにしてゆっくりとベッドに押し倒される。

『う……んっ……く、んっ、……っ』

折り重なるみたいにベッドに倒れ込んでしばらく、濡れた音を立ててお互《たが》いの舌と口腔《こうこう》内を愛撫《あいぶ》し合った。やがてラシードが桂一のネクタイに手をかけ、結び目を指で緩《ゆる》める。

自分ひとりが一方的に脱がされるのが恥ずかしくて、桂一もラシードのシャツに手を伸《の》ばした。急《せ》いた指でボタンを外す。無言でお互いの服を脱がせ合い、ほどなく体を覆《おお》っていた衣類をすべて取り去ったふたりは、一糸まとわぬ姿できつく抱き合った。

『……ふ……』

筋肉が張り詰めたしなやかな肉体にすっぽりと包み込まれる感触《かんしょく》が心地《ここち》よく、思わず吐息《といき》が漏《も》れる。

（気持ちいい）

隙間《すきま》なく合わさったラシードの素肌《すはだ》から、少し早い鼓動や、常人よりやや高めの体温が伝わってくるにつれて、こうしてふたたび抱き合えることへの歓喜《かんき》が湧き上がってきた。

本当に、ラシードと抱き合っているんだ。

しかも今回は、勢いや成り行きではなく、気持ちが伴《ともな》った行為であることが嬉しい。

お互いがお互いを欲しいという……熱い気持ちがひとつになった結果であることが。

『……ケイ』

甘い声でふたたび名前を呼んだラシードが、桂一の首筋に顔を埋《うず》めるようにして、ぎゅっと強く抱き締《し》めてきた。耳朶《みみたぶ》を甘噛《が》みしたり、首筋にやさしいキスを落としたりしながら、ラシードの唇が徐々《じょじょ》に下降していく。喉《のど》から鎖骨《さこつ》を辿《たど》り、胸へと移動して、右側の淡《あわ》く色づく飾《かざ》りをちゅくっと吸った。

『あっ……』

刹那《せつな》、自分でもびっくりするような高い声が飛び出る。

『乳首《ちくび》……感じる？』

囁いたラシードが、桂一の二の腕《うで》を押さえ込み、今度は左側の乳首を口に含《ふく》んだ。唇で食《は》まれ、ざらりとした舌で舐《な》められて、体がびくんっと跳《は》ねる。

『あ……あぁっ』

その反応をおもしろがるように、さらに先端《せんたん》を押しつぶされ、歯を立てられた。初めて味わう刺激に反応して、嬲《なぶ》られたそこが芯を持ち、形を変えるのが自分でもわかる。

『あんた……乳首弱いな』

口に出されて顔がカッと熱くなった。

自分でも男のくせになんで？　と思うけれど、感じてしまうのはどうしようもない。

『ひ、あっ』

硬く弾力《だんりょく》を持った乳頭を指で摘《つま》まれ、擦《こす》り合わせるみたいにされると、ぴりっと甘い痺れが背筋を走った。息がはぁはぁとひどく乱れ、体がじっとりと汗《あせ》ばんでくる。

下腹部がジンジンと疼《うず》いて……熱い。

キスだけで兆《きざ》し始めていたのに、胸の愛撫で完全に火が点《つ》いてしまった。あまりに他愛《たあい》のない自分が気恥《きは》ずかしく、脚《あし》で股間《こかん》を隠《かく》そうとしたのがいけなかったのかもしれない。身じろぐ桂一に気がついたラシードが体を下へずらし、太股《ふともも》に手をかけた。ぐいっと大きく両脚《りょうあし》を割り開かれ、『や……っ』と悲鳴が口をつく。

『………』

淫《みだ》らに勃《た》ち上がってしまっている欲望《よくぼう》にまっすぐ視線を注がれて、羞恥《しゅうち》に顔がますます火照《ほて》った。

『み……見ないでくださ……』

しかし、懇願《こんがん》はあっさりと無視されてしまう。ラシードが桂一の昂ぶりに視線を据えたまま、ゆっくりと顔を近づけてきた。先端に熱い吐息を感じた次の瞬間、ラシードの口の中に含まれた桂一は息を呑《の》む。

『……っ』

ラシードが自分のものを⁉

濡れた粘膜《ねんまく》にねっとりと包まれる――初めて味わう口戯《こうぎ》に戸惑い、固まっている間にも、ラシードの熱い舌が軸《じく》に絡みつく。舌先が敏感な裏の筋をつーっと辿り、かと思うと軸全体を唇できつく扱《しご》いてくる。じゅぷっ、ぬぷっという水音が寝室に響《ひび》いて、その淫らさにも煽《あお》られた。

『はあっ……あぁっ』

熱くて……気持ち……いい。たまらない。

頭が白く霞《かす》んで、たちまち欲望が張り詰《つ》める。舐められている部分から、とろとろに蕩《とろ》けそうだ。

双球《そうきゅう》を手でやさしく揉《も》み込みながら、尿道《にょうどう》をこじ開けるように舌先で刺激され、背中をぴりぴりとした戦慄《せんりつ》が駆《か》け抜《ぬ》ける。

『あう……っ』

腰がうねり、射精感が募《つの》る。内股《うちもも》が小刻みに痙攣《けいれん》した。

もう、そこまで来ている。

『……だ、め……っ』

差し迫《せま》った声をあげ、桂一は金の髪《かみ》を摑んだが、必死に押しのけようとしても、ラシードはびくりとも動かなかった。逆に、追い上げるみたいにいっそうきつく吸い上げてくる。

『だめ……です……も……出るっ……出……あっ、あぁ——っ』

ぶるっと大きく震《ふる》え、桂一はラシードの口腔内で達した。

『はぁ……はぁ』

脱力感《だつりょくかん》にぐったりと四肢《しし》を投げ出し、涙目《なみだめ》で胸を喘《あえ》がせる。

じわじわと開いた双眸《そうぼう》に、ラシードがごくりと喉を上下させる映像が映り込んだ。

呑んだ……？

一国の王子に自分の精液を呑ませたのだと思うと、全身の血がさーっと下がる。

桂一はガバッと起き上がり、ラシードに謝罪した。

『す、すみません……っ』

『なんであんたが謝るんだよ？』

ラシードが笑う。

『俺が勝手に呑んだのに』

『……それは……いや……しかし』

『呑みたかったんだ。それに……あんたのは甘くて美味《うま》いから大丈夫《だいじょうぶ》』

微笑《ほほえ》んでそんなことを言う恋人《こいびと》に、顔がじわりと熱くなった。

そんなわけがない。あんなものが甘くて美味いなんて……絶対嘘《うそ》だ。

気遣《きづか》ってくれる気持ちは嬉《うれ》しかったけれど、やっぱりこのままでは気が治まらなくて、桂一はおずおずと『あの……』と口を開いた。

『私も……やります』

ラシードの碧《あお》い瞳《ひとみ》が虚《きょ》を衝《つ》かれたように見開かれる。

拒絶《きょぜつ》されなかったことをいいことに、桂一は思い切って恋人の股間へ顔を埋めた。

慣れない行為に臆《おく》する気持ちがないと言えば嘘だが、それよりも、自分もラシードにしたい、という気持ちのほうが勝っている。

すでに半勃ちになっていた欲望の先端に唇《くちびる》で触《ふ》れた刹那、ラシードがぴくりと震える。

できるだけ大きく口を開き、頭の部分をはむっと咥《くわ》えた。加減がわからずにいきなり一気に呑み込んでしまい、喉を突《つ》く大きさに生理的な涙が浮《う》かんだが、少しずつポジションを調整して、どうにか嘔吐《えず》かずに納めることができた。

(熱くて……大きい)

火傷《やけど》しそうに熱い漲《みなぎ》りが、口の中でドクドクと脈打っている。

『んっ……ぅ、んっ』

さっき自分がされた愛撫をなぞり、複雑な隆起《りゅうき》を描《えが》く屹立《きつりつ》にそっと舌を這《は》わせた。気持ちよかった場所を思い出してちろちろと舐める。やがて、口中のラシードが逞《たくま》しさを増し始めた。ちらっと上目遣《うわめづか》いにラシードの様子を窺《うかが》う。少し苦しげに眉根《まゆね》を寄せた、欲情《よくじょう》を堪《こら》えるような色めいた表情。

(感じてくれている)

少しずつ、だが確実に、恋人が質量を増していく感覚に励《はげ》まされ、懸命《けんめい》に舌と口を使う。

口でするのは二度目だが、前回は、自分が達《い》かせてもらったからという義務感で奉仕《ほうし》をしていた。でも今は違《ちが》う。自分が愛撫することで、少しでもラシードに気持ちよくなって欲しいと心から思っている。

顎《あご》が怠《だる》くなるほど夢中でしゃぶっているうちに、とろっとしたぬめりが舌先に触れて、青臭《あおくさ》いような独特な味が口腔《こうこう》に広がった。

『……ケイ』

感じているのがわかるかすれ声が頭上から落ちてきて、髪をやさしく梳《す》かれる。

慈《いつく》しむような恋人の指の動きに、桂一はうっとりと目を細めた。

陶然《とうぜん》とした面持《おも》ちで一心不乱に舌を使い続けていたら、桂一の耳の後ろを撫《な》でていたラシードの手がびくっと震えた。

『駄目《だめ》だ……放せっ』

焦燥《しょうそう》に駆られたような声が命じる。

それでも放さないでいると、ラシードが両手で桂一の顔を挟《はさ》み込み、ぐいっと押し退《の》ける。口からぶるんっと飛び出たラシードの雄《おす》が、陸に打ち上げられた魚みたいにびくびくと脈打った。

ひときわ大きく跳《は》ねた直後、視界が真っ白になる。

な……何？

一瞬《いっしゅん》何が起こったのか状況《じょうきょう》が把握《はあく》できず、身を硬直させる桂一の顔に手を伸《の》ばし、ラシードがすっと眼鏡《めがね》を抜き取った。白濁《はくだく》で汚《よご》れた眼鏡をサイドテーブルに置き、桂一の肩《かた》をとんっと押す。仰向《あおむ》けにゆっくりと倒《たお》れた桂一に乗り上げ、ふたたび組み敷《し》いた。

ラシードの眼差《まなざ》しが、まっすぐ射貫くように見下ろしてくる。双眸はうっすらと欲情を孕《はら》み、紺碧《こんぺき》の瞳の奥に獰猛《どうもう》な光を湛《たた》えていた。

『あんたがあんまり色っぽい表情で一生懸命《いっしょうけんめい》しゃぶるから……気持ちよすぎて出ちゃっただろ？』

『すみません……』

責めるような囁《ささや》きに、じわっと顔が熱くなる。

『謝るなよ』

ラシードが肉感的な唇の端《はし》をふっと持ち上げた。

『本当に今までで一番……気持ちよかった』

『今までで……一番？』

やさしい表情でうなずいたラシードが、『次は俺の番だな』とつぶやき、桂一の脚を摑《つか》んでぐいっと大きく開く。あらわになった後孔《こうこう》を恥《は》じる間もなく、硬《かた》い指が中に入ってきた。

『あっ……』

衝撃《しょうげき》に声が出る。硬い異物を反射的に押し出そうと内壁が蠢《うごめ》くのがわかった。

『少し……我慢《がまん》しろ』

顔や胸へのキスであやされ、体が逃《に》げそうになるのを堪える。眉《まゆ》をひそめた桂一は、少しずつ慣らしていくようなラシードの指の動きに身を委《ゆだ》ねた。

『ん……う、んっ』

掻《か》き混ぜられた中がジンジンと疼《うず》き始める。ぬぷぬぷと指を出し入れしながら、ラシードのもう片方の手が、桂一の欲望《よくぼう》の証《あかし》を摑んだ。

快感を引き出すように強弱をつけ、ねっとりと扱かれる。

『……ふ、……ぅ、っ』

ツボを心得た愛撫《あいぶ》に、さほど時を要さず、性器がふるふると勃《た》ち上がった。後ろに差し込まれた指で感じるポイントを押されると、勃ち上がった欲望の先端《せんたん》から透明《とうめい》な蜜《みつ》がつぷっと溢《あふ》れ出て、ラシードの手を濡《ぬ》らす。

前と後ろ、同時に与《あた》えられる快感に、淫《みだ》らな嬌声《きょうせい》が零《こぼ》れた。

『んっ……あ、んっ……ん』

いい……すごく……気持ちいい。

あまりに気持ちよくて、無意識にも腰《こし》がうずうずと揺《ゆ》れてしまう。

喉《のど》を反らせ、陶然と、種類の違う悦楽《えつらく》が奏《かな》でるハーモニーに酔《よ》わされているうちに、徐々《じょじょ》に浅ましい欲求《よっきゅう》が湧《わ》き起こってくる。

（もっと……）

もっと……欲しい。

恋人が――が欲しい。

この身がラシードだけでいっぱいになるほど、たくさん欲しい。

快楽だけじゃなくてもいい。痛みを伴《ともな》ってもいいから、恋人が本当に自分のものだという実感が欲しい。

際限のない、貪欲《どんよく》な自分が怖《こわ》くなったけれど、欲求は切実だった。

気がつくと桂一は、ラシードの碧い目を見つめ、切々と訴《うった》えていた。

『あなたが……欲しい』

手を伸ばし、雄々《おお》しいラシード自身に触れる。恋人がぴくりと震《ふる》えた。

『……ケイ』

『お願い……ください』

羞《は》じらいを帯びた声でねだった刹那《せつな》、ラシードがくっと眉根を寄せる。餓《う》えた獣《けもの》のような眼差しを桂一に向けた恋人が、不意に指を引き抜《ぬ》いたかと思うと、喪失感《そうしつかん》にひくつく後孔に、熱い脈動を押し当ててきた。両脚《りょうあし》を深く折り曲げられ、先端をぐっと呑《の》み込ませられる。

『ひ、っ』

灼熱《しゃくねつ》の固まりにこじ開けられて、瞳がじわっと潤《うる》んだ。自分の中を少しずつ押し開かれ、狭《せま》い内部を犯《おか》されていく感覚に唇を嚙《か》み締《し》める。

（……入って……くるっ）

『力……抜け』

苦しそうな耳許《みみもと》の声にこくこくとうなずきながらも、どうしても力んでしまう脚《あし》の付け根にラシードが触れた。挿入《そうにゅう》のショックに萎《な》えていた桂一の欲望を握《にぎ》り、そっと上下する。

『あ……』

扱《しご》かれた部分からゆるやかに快感が滲《にじ》み出てきて、強《こわ》ばりが緩《ゆる》んだ。それを見計らったように、ラシードが一気に貫《つらぬ》いてくる。

『あぁ……っ』

根許まで隙間《すきま》なく恋人《こいびと》の「熱」を埋《う》め込まれた桂一は、大きく胸を喘《あえ》がせた。

『入った……』

ため息混じりの声を落としたラシードが、ほっとしたように微笑《ほほえ》む。

『……やっと、ひとつになれた』

密着した恋人の肌《はだ》は、悪戦苦闘《あくせんくとう》の結果、しっとりと汗《あせ》ばんでいた。生え際《ぎわ》の金の髪《かみ》も汗で湿《しめ》り、呼吸も荒《あら》い。

もし相手が女性であったなら、こんな大変な思いをせずとも済むはずだ。面倒《めんどう》な手順を踏《ふ》む必要もなく、もっとスピーディに抱《だ》き合うことができる。世慣れたラシードのことだから、息ひとつ乱さずにスマートに事を運べるだろう。

それでも、恋人は同性である自分を欲しがってくれて、自分も彼が欲しくて、今こうして、スムーズとは言い難《がた》い共同作業の末にどうにか繋《つな》がっている。

それを思うと胸がじわっと熱くなるのを感じた。

望めばどんなものでも手に入る立場なのに、こんな自分を欲しがってくれる気持ちが嬉《うれ》しかった。

『好き……好きです』

思わず口をついて出た言葉に、ラシードの顔が甘やかに蕩《とろ》ける。

『俺も愛してる……ケイ』

身を屈《かが》めて、桂一の唇《くちびる》をちゅっと啄《ついば》んだラシードが、『動くぞ』と言った。

『あっ、あっ、あっ』

抽挿《ちゅうそう》が始まり、しなやかに反り返った欲望で最奥を穿《うが》たれるたびに、喉の奥から嬌声が迸《ほとばし》った。パンパンと肌がぶつかり合う音と、結合部分から漏《も》れるぐちゅっ、ぬちゅっというあられもない水音がユニゾンで響《ひび》く。

硬い切っ先で感じる弱みを的確に突《つ》かれ、急ピッチで官能が膨《ふく》らんでいく。粘膜《ねんまく》がざわめき、全身がビクビクと震え、背中がシーツの上で波打つ。

『あっ……ひっ、——あっ』

桂一の腰を抱《かか》え直したラシードがピッチを上げた。遠慮《えんりょ》なく突き上げられ、好き勝手に中を掻き混ぜられて、腰が淫らにうねる。

有り余る若さとエネルギーを体ごとぶつけてくるような揺さぶりに翻弄《ほんろう》され、甘ったるい嬌声がひっきりなしに零れた。

『んっ……あ、んっ……んんっ』

初めてラシードに抱《だ》かれた前回よりも快感が深い。ひりひりと灼《や》けつくような官能に目が潤む。自分を甘く苛《さいな》む凶器《きょうき》の圧倒的《あっとうてき》な質量に桂一はよがり泣いた。

『……も、う……あっ、あっ』

もうこれ以上はないと思っていたのに、さらに体内の恋人が膨張《ぼうちょう》する気配がして、それによって射精感がいよいよ高まった。

『も、……い、くっ』

絶頂の予感に絶え入る声を発し、桂一は恋人の首に腕《うで》を巻きつける。

『お願いです……一緒《いっしょ》に……ラシード』

『……わかった』

懇願《こんがん》に低く答えたラシードが、腰を叩《たた》きつけるようにして、ラストスパートをかけてきた。

ガツガツと穿たれ、とろとろに潤んだ内部を激しく抉《えぐ》られて、振《ふ》り落とされないように必死で首にしがみつく。情熱的なラシードの動きは、より高い頂点へと自分を誘《いざな》うようだ。

『あぁ……っ』

脈動を銜《くわ》えている部分がきゅうっと引き締まる感覚のあと、びくんっと全身が戦《おのの》く。

『い……いく……いっ……あぁ——っ』

ひときわ高い嬌声を放ちながら、ラシードの腹を白濁《はくだく》で汚《よご》す。

『……くっ』

ほぼ同時に、桂一の最も深い場所で、ラシードもまた弾《はじ》けた。熱い放埓《ほうらつ》を最奥にたっぷりと注ぎ込まれ、疼くような悦《よろこ》びがぞくぞくと背中を這《は》い上がる。

『……ケイ』

繋がったままの恋人がゆっくりと覆《おお》い被《かぶ》さってきた。

ちゅっと唇にキスを落としたラシードが囁《ささや》く。

『……愛してる』

『……ラシード』

『ケイ……愛してる』

『私も……愛しています』

若い恋人の重みに幸せな息を吐《は》いた桂一は、胡桃色《くるみいろ》の体をぎゅっと抱き締めた。

10

尽《つ》きぬ欲求《よっきゅう》のままに何度も愛し合い、明け方、ラシードと抱き合って眠《ねむ》りについた。

疲労困憊《ひろうこんぱい》のせいか夢も見ずにぐっすりと眠り——十時過ぎにラシードの胸の中で目覚めた桂一は、恋人の規則正しい鼓動《こどう》を耳に、幸福なまどろみを享受《きょうじゅ》した。

やがて目覚めたラシードが、桂一の髪を指で梳《す》き、額にくちづける。続けてちゅっと唇を啄んだあとで、桂一の目を覗《のぞ》き込むように囁いてきた。

『おはよう』

『おはようございます』

少しくすぐったい気分で、桂一も挨拶《あいさつ》を返す。

しばらく昨夜の情交の余韻《よいん》のように、桂一の髪や耳、首筋などに指でやさしく触《ふ》れていたラシードが、ふっと息を吐いた。

『そろそろ起きなくちゃな』

『……はい』

名残惜《なごりお》しげに桂一から手を離《はな》し、ベッドから起き上がる。桂一もサイドテーブルに手を伸《の》ばし、眼鏡《めがね》をかけた。

ふと視線を落とした瞬間《しゅんかん》、視界に胸や腹に点々と散るキスマークが飛び込んできて、うっすら赤くなる。

時間の都合がついたら警察病院に立ち寄るつもりだったが、これでは医者の前で服を脱《ぬ》げない……。

そんなことを考えていると、ローブに袖《そで》を通したラシードが、乱れた髪を掻《か》き上げながら言った。

『今日、保留してあった指名の件で返事をするつもりだ』

『……っ』

ふわふわと浮《う》き足立っていた気分が、空気の抜けた風船のごとく、しゅーっと窄《すぼ》む。夢見心《ごこ》地《ち》から一気に現実に引き戻《もど》された桂一は、手許《てもと》のデュペをぎゅっと摑《つか》んだ。

ではついに、指名を受諾《じゅだく》するのか。

覚悟《かくご》していたとはいえ、いざとなると動揺《どうよう》は否《いな》めなかった。

いよいよ新王となる男の背中を見つめ、奥歯を食い締《し》める。

病床《びょうしょう》の国王が少しでも安心できるように、また国民のためにも、回答はできるだけ早いほうがいい。ラシードもそう考えているに違《ちが》いない。

いったん指名を受ければ、その先は急ピッチでことが運ぶだろう。

あと何日一緒にいられるのか。

こんなふうに共に時間を過ごせるのも、おそらくは数日間。

自分たちに残された時間を思えば切なく胸が軋《きし》んだが、桂一は哀切《あいせつ》を言葉にすることを自らに固く禁じた。

せっかくのラシードの決意を鈍《にぶ》らせるような真似《まね》はできない。

それだけは絶対にしてはならなかった。


その日の午後、控《ひか》えの間で顔を合わせるなり、アシュラフがラシードに『大変だったな』と声をかけてきた。どうやらナウファルの件は、関係者に知れわたっているようだ。

アシュラフは桂一にも『ラシードを護《まも》ってくれたと聞いた。ありがとう』と礼を告げてきた。

身内とも言えるナウファルがラシードの襲撃《しゅうげき》を画策したと知って、みな衝撃《しょうげき》は受けただろうが、ラシードが怪我《けが》ひとつ負わなかったのと、ナウファルと襲撃犯がすでに身柄《みがら》を拘束《こうそく》されているせいもあってか、目に見えるほどの動揺は見受けられなかった。

『アッシュ、リドワーン、行こう』

今日はラシードが先頭に立ち、他の兄弟を促《うなが》す。事前にラシードから『指名の件で父上に話をする』と伝えられているアシュラフもリドワーンも、神妙《しんみょう》な面持《おもも》ちでうなずいた。

桂一は控えの間で待つつもりだったが、ラシードに『あんたにも聞いてもらいたい』と言われたので、邪魔《じゃま》にならないよう、病室の片隅《かたすみ》にひっそりと立つことにした。

国王が臥《ふ》せる病室に、アラブの正装に身を包んだハリーファ王家の三人の王子が並び立ち、その中からラシードが一歩前へ進み出る。

『父上』

『ラシード』

上半身をリクライニングしたファサド国王が、ラシードに向かって手を伸ばした。床《ゆか》に跪《ひざまず》いたラシードが、その手を押し戴《いただ》く。

『本日は、留保しておりました後継者《こうけいしゃ》指名について、私の返事をお伝えするために参りました』

『うむ』

ついに――この瞬間が来た。

桂一は壁際《かべぎわ》で直立不動のまま、ラシードの回答を待った。

アシュラフとリドワーンも、少し離れた位置から、新しい王の誕生の瞬間を見守っている。

『せっかくいただいたご指名ですが……辞退させていただきたく存じます』

ラシードの出した答えに、当人を除いたその場の全員が驚《おどろ》きの表情を浮かべた。

桂一も思わず、声をあげそうになったくらいだ。

辞退⁉

（嘘《うそ》だ……）

『父上のご意向に添《そ》えず、申し訳ありません』

凍《こお》りついた空気の中でこうべを深々と垂れたラシードが、顔を上げて言葉を継《つ》ぐ。

『父上に認めていただいたことは本当に、心から嬉《うれ》しかった』

『では……なぜだ？』

『お時間をいただいてよくよく考えました結果、一番に優先すべきは国民の心情なのではないかという結論に達しました』

ファサド国王の顔が翳《かげ》り、口髭《くちひげ》を蓄《たくわ》えた唇《くちびる》から重々しい声が漏《も》れた。

『ラシード……それは』

父親の言葉をラシードは静かに『誤解無きように申し上げますが』と遮《さえぎ》る。

『私は、私の中に流れる異国の血を恥《は》じているわけではありません。たしかに疎《うと》ましく思った時期もありましたが、今はそれも含《ふく》めて自分という人間なのだと受け容《い》れております。ですが、この血によって国民に少しでも不信感を与《あた》えるのであれば、敢《あ》えて私が表立つ必要はないと考えました』

そこで言葉を切り、ラシードが後ろを振《ふ》り返った。

『次期国王にはリドワーンを』

兄に片手で示されたリドワーンが、びっくりしたように体を震《ふる》わせる。

『わ……私はっ』

『リドワーンはまだ若いが、誠実でまっすぐです。彼が王位に就《つ》けば、国民の信望を得て、必ずや安定した国政を敷《し》けましょう』

手放しで誉《ほ》められ、リドワーンは真っ赤になった。純粋《じゅんすい》な弟に微笑《ほほえ》みかけたラシードが、ふたたび父親に視線を向ける。

『リドワーンが成人するまでは、今まで同様にカマル叔父《おじ》に国政を担《にな》っていただき、私も大学を卒業後にはマラークに戻り、陰《かげ》ながらリドワーンを支えます』

ラシードは今度はアシュラフを顧《かえり》みて『アッシュもそれでいいよな？』と同意を求めた。

『おまえがいいなら、俺には異存はない。もとより王位継承《けいしょう》を辞退した身だ』

アシュラフの同意を得て、ラシードが父親に宣言する。

『今後は兄弟で力を合わせ、お互《たが》いに足りない面を補い合い、マラークを支えていきたいと思います』

ファサド国王が、その口許《くちもと》に笑《え》みを湛《たた》え、大きくうなずいた。

『わかった。おまえの言葉どおりの勅命《ちょくめい》を出そう』

『ありがとうございます、父上』

アシュラフがリドワーンの背中を押し出す。おずおずと前に出たリドワーンの肩《かた》を、ラシードがぽんと叩《たた》いた。

エールを送り合う兄弟の姿を、桂一は眩《まぶ》しいものを眺《なが》めるように、目を細めて見つめた。

病院からカーサに戻る間のリムジンでは、抑制心《よくせいしん》が働いていた。

だが、エレベーターの中でふたりきりになったとたんに、もう我慢《がまん》できなくなった。

部屋まではどうしても待てずに、どちらからともなく唇を合わせて抱《だ》き合う。

『ん……ぅんっ』

ケージが八階に到着《とうちゃく》したので、いったんは体を離《はな》したが、廊下《ろうか》に人気がないのをいいことに、ラシードは桂一の手を引いて歩いた。

鍵《かぎ》を開け、ドアを開けて室内に入るなり、ふたたびエントランスで唇を重ね合う。

『………ん』

顎《あご》が怠《だる》くなるまでお互いの口腔《こうこう》内を愛撫《あいぶ》し尽《つ》くしたあと、漸《よう》く唇を離したラシードが、桂一の腰《こし》に腕《うで》を回し、やさしく揺《ゆ》すった。筋肉が張り詰《つ》めた硬《かた》い胸に顔を寄せ、桂一は囁《ささや》く。

『本当に……よろしかったのですか？』

『王位のことか？』

『はい』

迷いのない声で、ラシードが『いいんだ、あれで』と答えた。

『こうしなきゃあんたとずっと一緒《いっしょ》にいられなかった』

『ラシード……まさか、そのために？』

驚いて顔を振り上げ、ラシードと目が合う。

『王位に就いたら、世継《よつ》ぎのこととかであんたに辛《つら》い思いをさせるだろ』

肯定《こうてい》されて、桂一は動揺《どうよう》した。

自分のことを気遣《きづか》ってくれたのは嬉しい。嬉しいけれど。

『私のために指名を辞退なさるのは……』

『いや……でもそれがすべてじゃない。俺だってそこまで自分勝手じゃない。いろいろ複合的に考えて、ベストだと思える結論を出したまでだ。もともと王位に執着《しゅうちゃく》はないけど、だからといって後ろ向きな辞退じゃない。むしろ前向きな辞退だ。父上もそれがわかったからこそ、承《しょう》諾《だく》してくれたんだろう』

それは、そうかもしれない。最後に見たファサド国王の微笑みには、後顧《こうこ》の憂《うれ》いから解き放たれた安堵《あんど》と、兄弟の結集を心から喜ぶ気持ちが表れていたように感じられた。

『リドワーンはいい国王になると思う。俺とアッシュもフォローするしな』

結論を出し、迷いが消えたせいか、すっきりと澄《す》み切ったラシードの碧《あお》い瞳《ひとみ》を、桂一はじっと見つめた。

『大学を卒業されたら、マラークに戻《もど》られるんですね』

今まで祖国に背を向けていたラシードがマラークに戻ると決めたことは、まさに前向きな決断。ラシードのためにも、ハリーファ王家のためにも、その決断を喜ぶべきだ。

そう頭では理解していても、笑顔を作ることができなかった。

マラークに戻ったら、ラシードは王家の一員として重要な役割を果たすようになる。今までのように、好き勝手に国外へ出ることもできなくなるだろう。会えるのは、多くて一年に一度か、二度か。

自分を辛い目に遭《あ》わせたくないと、ラシードは王位指名を辞退してくれた。そのことだけで充分《じゅうぶん》満足すべきなのに、そうなったらなったで、もっと……と欲《よく》が出る。

自分の際限のない欲深《よくぶか》さに内心で辟易《へきえき》していると、視界の中のラシードがふと表情を改めた。

『ケイ――マラークに来てくれ』

『……えっ』

思いがけない求めに、小さく声をあげる。瞠目《どうもく》する桂一を真剣《しんけん》な面持《おもも》ちで見つめて、ラシードが懇願《こんがん》を重ねた。

『お願いだ。マラークでも俺の側《そば》にいて欲しい』

自分がマラークに行く？

日本を離れてラシードと共にマラークで暮らす？

『…………』

考えてもみなかった選択肢《せんたくし》を目の前に突《つ》きつけられ、桂一は黙《だま》り込んだ。脳裏《のうり》に両親の顔が浮《う》かぶ。続いて、弟の和輝の顔――。

『俺はもう、あんたと離れることは考えられない。この先もずっと一緒にいたい』

搔《か》き口説《くど》くようなラシードの熱っぽいかすれ声を耳に、頭を巡《めぐ》らせる。

SPである自分には誇《ほこ》りを持《も》っている。自ら望み、就いた仕事だ。

だが警察は巨大《きょだい》な組織だ。自分の代わりはいくらでもすげ替《か》えがきく。

片やマラークは、国王の交代に際して、しばらく不安定な情勢が続く可能性がある。ナウファルのような反逆者が、この先も出てこないとも言い切れない。

もちろんマラークにも王室護衛隊はあるだろうし、ラシード自身も護身術を会得している。

それでも……体を護《まも》ることができても、苦しい時、迷った時、その心まで支えられる人間はそうはいないはずだ。

何より、自分だってもう、ラシードと離れることは考えられない。

ラシードの傍《かたわ》らで、その存在を心ごと護りたい。

できれば一生。

その気持ちは、もはや理屈《りくつ》や理性を凌駕《りょうが》する強い欲求《よっきゅう》だった。

人生を左右する大切な決断を、簡単にすべきではないとわかっている。家族は驚《おどろ》くだろうし、周りに諫《いさ》められることもわかっていた。

だけどもう、自分の気持ちを抑《おさ》えられない。

出会ってしまったから。

この世でただひとりの、運命の相手に——。

運命の相手である、碧い瞳の王子を見つめ、桂一は決意を口にした。

『わかりました。貴方《あなた》が戻られる頃《ころ》には、私もマラークに参ります』

揺るぎない口調で言い切ると、目の前の美しい貌《かお》が歓喜《かんき》に輝《かがや》く。

『ケイ……ありがとう』

いっそう煌《きら》めきを増した美貌《びぼう》が近づいてきて、唇《くちびる》に触《ふ》れた。

自分のたったひとりの支配者の甘いくちづけを受け入れるために、桂一はその首に腕を回し、そっと引き寄せた。

あとがき

こんにちは、もしくは初めまして。岩本薫です。

ルビー文庫さんには約一年ぶりに参加させていただきます。

このたびは、『支配者の恋』をお手に取ってくださいましてありがとうございました。


単行本「ロッセリーニ家の息子」シリーズのリンク作品として展開しておりますルビー文庫の「恋」シリーズも、『独裁者の恋』『征服者の恋』に続いて今回で三冊目になりました。

さて、今回は満を持して（?）、アラブの王子様の登場です。

以前から一度は書いてみたいとひそかな野望を抱《いだ》いていたのですが、本物の王族となるとセレブの最高峰《さいこうほう》です。私にはハードルが高いような気がして、一歩が踏《ふ》み出せずにおりました。

でも、このシリーズならひょっとしたら出せるかも……と思い、おそるおそる担当様にお伺《うかが》いを立ててみましたところ、「いいと思いますよ」との快いお返事。

背中を押していただいた勢いでプロットを切りましたが、結果的にいわゆる「アラブもの」

の王道からは外れてしまった気がします。そのあたりを期待してくださった皆様《みなさま》には申し訳ないのですが、これはこれでちょっぴり亜流《ありゅう》の「アラブの王族もの」として楽しんでいただけたらとても嬉《うれ》しいです。

というわけで、今回の攻《せ》めはアラブの王子ですが、主人公の桂一はSPです。SPもまた、以前から書いてみたかった職業のひとつでした。桂一は、『ロッセリーニ家の息子　守護者』に出ております東堂和輝の兄になります。

実を言いますと、『守護者』を書いた時から桂一の設定（東堂兄＝眼鏡《めがね》で警察官でクールビューティ）は頭の中にあって、いつか形にできれば……と思っていました。今回その念願が叶《かな》い、とても嬉しいです。

そして今回執筆《しっぴつ》に当たって一番難しかったのが、ラシードの言葉遣《ことばづか》いでした。今時の若者で遊び人だけど、どこかに王族としての威厳《いげん》があって、命令口調だけど、桂一に対しては甘えもあり……という雰囲気《ふんいき》がなかなか上手《うま》く出せず、書きながら何度も何度も台詞《せりふ》を修正しました。中盤《ちゅうばん》に差し掛《か》かって漸《よう》くラシードが摑《つか》めてきて、それからの執筆は比較的《ひかくてき》スムーズでした。

一方、桂一はあらかじめキャラクターが固まっていたせいか、初めから終わりまで終始一貫《いっかん》揺《ゆ》るぎなかったです。

その桂一ですが、蓮川先生のキャララフを拝見した瞬間《しゅんかん》、「ああ！」と思わず声を出してしまったほどイメージにぴったりで、私の頭の中の存在だった桂一に息を吹《ふ》き込んでいただいたような気持ちになりました。ラシードに関しては想像以上の煌《きら》びやかさで、とりわけ民族衣装《いしょう》のシーンを拝見した際は、アラブの王子様を書いて良かった！　としみじみ喜びを噛《か》み締《し》めました。アシュラフに至っては担当様とふたりで「これで脇《わき》!?」と驚嘆《きょうたん》した格好良さです。

蓮川先生にイラストをつけていただくことは、私にとって執筆の一番のご褒美《ほうび》です。お忙《いそが》しい中、今回も本当にありがとうございました。

末筆になりましたが、編集担当様をはじめとして、本書の制作に携《たずさ》わってくださいましたすべての皆様に心より御礼《おれい》申し上げます。

いつも応援《おうえん》してくださっている皆様にも最大級の感謝を。よろしければ本書のご感想もお聞かせくださいませ。お待ちしております。

それではまた、次の本でお会いできますことを祈《いの》って。

二〇〇九年　初秋　　岩本　薫

KADOKAWA RUBY BUNKO

支配者《しはいしゃ》の恋《こい》
岩本《いわもと》 薫《かおる》

角川ルビー文庫 R122-4　　16018

平成21年12月1日　初版発行

発行者――井上伸一郎
発行所――株式会社角川書店
東京都千代田区富士見2-13-3
電話/編集(03)3238-8697
〒102-8078
発売元――株式会社角川グループパブリッシング
東京都千代田区富士見2-13-3
電話/営業(03)3238-8521
〒102-8177
http://www.kadokawa.co.jp
印刷所――旭印刷　製本所――BBC
装幀者――鈴木洋介

ISBN978-4-04-454004-3　C0193　定価はカバーに明記してあります。

KADOKAWA RUBY BUNKO

角川ルビー文庫

いつも「ルビー文庫」を
ご愛読いただきありがとうございます。
今回の作品はいかがでしたか？
ぜひ、ご感想をお寄せください。

〈ファンレターのあて先〉

〒102-8078 東京都千代田区富士見 2-13-3
角川書店 ルビー文庫編集部気付
「岩本 薫先生」係

独裁者の恋
何よりも
甘い命令口調の唇で
囁く、この恋——。
身寄りのない祐のもとに舞い込んだ通訳の仕事。ところが仕事相手であるサイモン・ロイドは傲慢で横暴な男で…？
著／岩本薫
イラスト／蓮川愛
岩本薫×蓮川愛で贈る
スペシャル・ラブ・ロマンス！